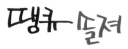

땡큐 쏠져

군인 아내와 사는 한 남자의 군대 사랑 이야기

땡큐 솔져

군인 아내와 사는 **한 남자**의 군대 사랑 이야기

펴낸날   초판 1쇄 2017년 3월 10일

지은이   홍현수
펴낸이   서용순
펴낸곳   이지출판

출판등록   1997년 9월 10일 제300-2005-156호
주 소   03131 서울시 종로구 율곡로 6길 36 월드오피스텔 903호
대표전화   02-743-7661 팩스 02-743-7621
이메일   easy7661@naver.com
인 쇄   (주)네오프린텍

값 13,000원

ISBN 979-11-5555-062-5 03800

※ 잘못 만들어진 책은 바꿔 드립니다.

이 도서의 국립중앙도서관 출판시도서목록(CIP)은 서지정보유통지원시스템 홈페이지(http://seoji.nl.go.kr)와
국가자료공동목록시스템(http://www.nl.go.kr/kolisnet)에서 이용하실 수 있습니다.(CIP제어번호: CIP2017005123)

군인 아내와 사는 한 남자의 군대 사랑 이야기

땡큐 쏠져

● 홍현수 지음

이지출판

처음에 책을 내고 싶다고 말했을 때 주변의 반응은 시큰둥했다. 그런데 그 책이 군대 이야기라고 하자 조금 반응이 달라지긴 했지만 '헐', '진정해', '누가 군대 얘길 돈 주고 사서 보냐'는 회의론이 압도적이었다.

하지만 그런 주변의 만류에도 내 마음속에는 풀리지 않는 의문이 있었다.

"그럼 '태양의 후예'는 뭐지?"

얼마 전 엄청난 시청률과 새로운 한류 열풍을 일으킨 드라마 '태양의 후예' 스토리 라인은 군인을 중심으로 이루어져 있다. 그 시시하고 재미없는 군대 이야기가 그렇게 히트한 이유는 무엇일까. 물론 '태양의 후예'는 엄밀히 따져보면 멜로드라마, 즉 사랑 이야기다. 배경이 군대일 뿐이다.

그러나 그 사랑 이야기가 군대에 미친 영향력은 막강하다. 아이들의 꿈이 '군인'이 될 정도로 긍정적인 영향을 미쳤고, 대한민국 여성들의 마음속에 '유시진 대위'가 자리 잡았으며, 어머니들에게도 '송중기' 같은 멋진 아들을 둔 그 어머니를 동경하는 마음이 생길 정도였다. 일흔이 가까운 나의 어머니도 드라마 전편을 외우다시피 했고 주제가를 매일 들으셨으니 말이다.

대한민국 남자들은 어떠했는가? "저런, 말도 안 되는!" 하면서도 자꾸 다시 보게 되지 않던가. 한동안 드라마를 보지 않던 나도 완전

중독되었다. 현역 군인인 아내가 자꾸 나를 '유시진 대위'와 비교하는 건 거슬렸지만. 더욱 아이러니했던 건 '태양의 후예'를 집필한 작가가 군대를 다녀오지 않은 여성이라는 것이다. 그런데도 대사 하나하나가 정말 공감되어 그 작가의 필력에 감탄사가 절로 나왔다.

'나도 그런 책을 쓰고 싶었다.'

나는 2007년 6월 30일 대위로 전역했다. 나라를 위해 이 한몸 불사르겠다는 정신으로 최전방에서 6년 동안 복무한 결과는 '백수에 처가살이'였다. '겉보리 서 말이면 처가살이 안 한다'는 말이 있다. 그 처가살이를 백수로 하게 된 것이다. 물론 여러 이유가 있었지만 결국 '나는 사회를 원했으나 사회가 나를 원치 않는 상황'에 빠지게 된 것이다. 억울했다. 그러나 육군 대위로 전역한 대한민국 남자의 어쩔 수 없는 현실이었다.

어떤 곳에서도 받아주지 않았다. 젊은 패기 하나로 모든 것을 헤쳐나가기는 역부족이었다. '열정페이'라고 했던가. 그 열정을 쏟아붓겠다고 아무리 외쳐도 소용없었다. 열심히 나라를 지키다 온 것이 죄인 양 고개 숙인 채 살 수밖에 없었던 그때를 생각하면 지금도 얼굴이 화끈거린다.

내 아내는 군인이다. 2007년 2월, 강원도 고성 쪽으로는 절대로 오줌도 누지 않겠다는 다짐과 함께 먼저 신나게 전역했던 아내는 2년 후, "나와 보니 차라리 군대가 더 낫더라"는 말을 던지고 2009년 더 신나게 재입대했다. 졸지에 군인에서 군인 가족이 되어 버린 나는 지금 대한민국에서 가장 군인 밀집도가 높은 도시 포천에 살고 있다. 민간인의 입장에서 군대를 다시 보니 많은 생각이 들었다. 특히 아내를 통해 바라보는 군대의 모습은 달랐다. 무조건 싫었던 군대, 경멸스러웠던 군대에서 고마운 군대, 더 열심히 일했다면 좋았을 군대로 생각이 바뀌기까지 그리 오랜 시간이 걸리지 않았다.

  무식하면 용감하다 했던가. 10년 전, '나가서 설마 굶어 죽겠냐'는 깡 하나로 전역한 후 참 많은 경험을 했다. 계급장을 달고 있을 때와 떼고 난 후의 엄청난 차이점, 사람들의 반응, 무섭게 떨어지는 통장 잔고, 예상보다 엄청 센 충격들이 쓰나미처럼 몰려왔다. 처음엔 군대에서 보낸 20대의 시간들이 원망스러웠다. 같은 나이의 친구들은 벌써 어느 정도 자리를 잡은 상태였고, 늦은 나이에 사회에 첫발을 들여놓은 내가 너무 불리하다고만 생각되었다. 따지고 보면 대학 졸업 후 바로 군대에 갔으니 제대로 된 사회생활을 하지 못한 것이나 마찬가지였다.
  하지만 그건 나의 착각이었다. 비록 조금 늦었지만 군대에서의 값진 경험은 사회에 빨리 적응하는 데 밑거름이 되었고, 속도가 붙기 시작하니 상황이 역전될 정도로 호전되어 갔다. 결국 누구의 탓도 아니었다. 내 자신이 똑바로 깨어 있지 못했고, 준비가 되어 있지 않았기 때문이다.

이 책은 내가 전역 후 10년 동안 역경을 헤쳐 나오는 과정을 가감 없이 담았다. 노량진 고시촌 화장실 청소부터 시작하여 현재 국군복지단에 근무하게 된 이야기뿐만 아니라, 우리 청년들이 군대에 가서 무엇을 해야 하는지, 어떻게 보내야 하는지, 부족하지만 사실에 근거한 나의 경험을 읽으며 한 번쯤 생각해 보았으면 한다.

시중에 군대에 대한 이야기를 언급한 책들이 있다. 그 책들은 입대 전 준비할 것들, 혹은 전역 후 대비해야 할 것들에 대해 집중되어 있다. 이 책은 콘셉트와 지향점이 다르다. 왜냐하면 나는 현재의 우리 군인들, 현재의 우리 청년들에게 들려줄 이야기가 많기 때문이다.

인터넷 포털에 군대 관련 연관 검색어는 '힘들다', '쓸데없다', '고통' 등이 상위를 차지하는 이 현실에서 이제는 변해야 한다고 생각한다. '엘리트', '자랑스러움', '강함' 등의 긍정적 단어가 연관 검색어로 등장하기를 진심으로 바란다.

그런데 단순히 군대에 좋은 무기가 도입된다고 이게 가능할까? 생활관, 식사가 호텔식으로 바뀐다고 가능할까? 분명히 아니다. 먼저 생각이 바뀌어야 하고, 네가 아닌 내가 먼저 바뀌어야 한다고 생각한다.

'한강의 기적'이라는 단어는 새삼스러울 것도 없다. 이미 전 세계에서 대한민국이 가진 경제적 위상은 충분히 인정받고 있다. 그런데 군사력은 어떨까? 과연 우리 군대는 전 세계에서 공인할 정도로 강력한가? 중국, 러시아, 일본, 북한을 압도하거나 최소한 우습게 보지 않을 정도의 강한 군대인가?

이 질문에 대해 우리 모두 넘치는 자신감으로 대답하길 바란다.

그래서 이 책을 썼다.

'꿈을 이루기 위한 훈련을 받아본 적 있는가?'

그 훈련소는 당연히 군대여야 한다. 명문대, 외국어 같은 스펙이 인생의 보증수표가 되지 못하는 지금, 우리 군은 엘리트 군대가 되어야 한다. 청년들이 군대에서 겪는 어려움들을 스스로 극복해 내고 성취하는 연습을 해 봐야 한다. 단단히 훈련된 그들이 사회에 나와서 끌고 나갈 미래의 모습은 가슴이 두근거리기까지 한다.

인생의 가장 황금기, 국가를 위해 헌신하는 것은 그 무엇보다 숭고하며 아름다운 일이다. 썩히는 시간이 되어서는 안 된다. 그러한 최정예 전사들을 길러내는 간부들은 더욱 더 엘리트여야 함은 두말 하면 잔소리다. 너무 꿈같은 이야기라고? 실제로 이스라엘은 하버드, 예일대 학생보다 엘리트 유닛(부대)에서 근무한 사람을 인정한다고 한다. 우리는 안 된다고? Why Not?

여자들이 가장 싫어하는 이야기는 군대에서 축구한 이야기라고 한다. 걱정할 것 없다. 이 책에는 단순히 군대 이야기뿐만 아니라 사회에서의 이야기, 부부가 몰래 할 수 있는 비밀 이야기 등 다양하게 담겨 있다. 그 이야기들은 모두 나의 일기장에서 나왔다. 사실 일기장을 열어 보인다는 것이 참 부끄럽다. 그러나 용기를 낸 이유는, 군대생활과 사회생활은 결코 이분법적으로 나눌 수 없기 때문이라는 사실을 알게 되었기 때문이다.

군생활에서 터득한 노하우는 사회생활에서도 적용되었다. 물론 어느 정도 변형은 필요하지만 크게 다르지 않다는 것이 10년 간의 경험에서 얻은 나의 지론이다. 그래서 군인뿐만 아니라 군인 가족들은 물론 누구나 공감할 수 있는 책이 될 것이라 생각한다.

군과 사회 경험 양쪽을 통해 얻은 값진 노하우를 여러분에게 선물하고 싶다. 그리고 오늘도 성공을 향해 열심히 뛰고 있거나, 10년 전 나와 같이 좌절하고 있을 누군가에게 이 책이 큰 힘이 되길 기도한다.

2017년 3월

홍현수

차례

Chapter 6 땡큐 코리아
군대는 엘리트 대학이다

나라를 지키다
온 것이
죄인가요?

계급장을 떼고 왔더니

 "지금 자리에 안 계십니다."

"언제쯤 오실까요?"

"확실하지 않아서 말씀드릴 수가 없네요."

약속 없이 찾아간 것이 잘못이었다. 아무리 가깝다고 생각했어도 이렇게 불쑥 찾아가는 것이 아니었다.

전역을 앞두고 나는 군청 과장님에게 인사를 하러 갔었다. 몇 개월 전 체육대회 업무 협조차 여러 번 만난 적이 있고, 그때마다 홍 대위 인상이 좋고 일도 잘한다며 칭찬을 아끼지 않았기에 감사 인사를 하러 갔던 것이다. '저 전역합니다. 감사 인사 드리려고 찾아왔습니다.' 이 한마디를 전하고 싶었다. 그런데 왠지 느낌이 이상했다. 말로 표현하기 어려운 불안감 같은 것이었다. '이제 내 입장이 바뀌는구나' 하는 현실감이 온몸으로 느껴졌다.

나는 2001년 육군 포병장교로 임관하여 2007년까지 강원도 고성에서 생활했다. 그곳은 우리나라 최동북단에 바다와 산이 어우러진 정말 멋진 곳이다. 신기한 건, 그렇게 멋진 곳이라는 것을 전역 후에 알았다는 것. 그곳에 살 때는 그렇게 멋진 곳인지, 그렇게 공기가 좋은 곳인지 머리로는 알았으나 가슴으로는 느끼지 못했다. 그만큼 마음의 여유가 없었던 것이다.

전역을 앞둔 군인에게는 일정기간 사회화 기간을 부여된다. 10년 이상 복무한 사람은 '직업보도반' 제도를 통해 복무기간에 따라 5개월에서 1년간의 사회적응 기간을 국가에서 보장해 주고, 말단 병사까지도 '휴가' 등의 제도로 보장해 준다. 나는 6년간의 중기복무자여서 안타깝게도 '직업보도반'의 혜택은 받을 수 없었고, 연가 범위 내에서 휴가를 실시했다. 예산이 많이 들겠지만 언젠가 6~7년 중기복무자도 '직업보도반'의 혜택이 주어지기를 기대한다.

국방부에서는 제대군인들을 위해 매년 '취업박람회'를 실시한다. 전역을 앞둔 장병들을 대상으로 많은 기업들이 참가하는 대규모 박람회다. 2007년 5월 강남 학여울역 SETEC 취업박람회장에서 있었던 일이다. 아마 평생 잊지 못할 것이다.

○○건설 부스 앞, 때마침 자리가 비어 있었다. 평소 ○○건설에 대해 좋은 이미지를 갖고 있었던 나는 인사담당자에게 이것저것 묻고 싶은 것이 많았다. 의자는 두 개. 재빨리 자리에 앉자 남은 의자에도 다른 사람이 앉았다.

'나보다 늙어 보이는데?'

옆에 앉은 또 한 사람. 분명 나보다 늙어 보인다고 생각했다. 어차피 이곳에 온 사람은 대부분 군인일 것이므로 고참이겠거니 했다.

의자에 나란히 앉은 두 사람을 확인한 인사담당자는 밝은 모습으로 친절하게 첫 질문을 했다.

"안녕하세요. 반갑습니다. 두 분은 언제 전역하시게 되나요?"

"네! 2007년 6월 30일부로 전역합니다."

약속한 듯 두 사람은 동시에 대답했다.

"아, 네. 현재 계급은 무엇인가요?"

"대위입니다."

"저는 중위입니다."

이번엔 달랐다. 그런데 이상했다. 분명히 나보다 늙어 보이는데 중위라니….

그 순간 인사담당자의 관심이 그 사람에게 모아지는 듯했다. 아주 짧은 순간이었지만 분명히 느꼈다. 나한테서 관심이 떠났다는 것을. 곧이어 인사담당자의 말이 들렸다.

"우린 대위를 뽑지 않습니다."

분명 잘못 들었다고 생각했다. 중위 출신만 뽑는다는 말은 어디에도 없었고, 대위 출신을 뽑지 않을 이유는 없다고 생각했기에 나는 더 밝은 표정으로 되물었다.

"아, 네. 그럼 언제 지원하면 되겠습니까? 다음 달? 다음 분기?"

인사담당자는 약간 짜증이 난 것 같았다. 아니면 옆에 있는 중위가 마음에 들었던 것일까? 그는 약간 목소리를 높여 이렇게 말했다.

"아, 말씀을 잘 못 알아들으시네. 우리는 대위 출신을 아예 뽑지 않는다구요."

화끈거렸다. 술을 먹지 않고 순간적으로 그렇게 얼굴이 화끈거리기는 처음이었다. 기가 막혀서 뭐라 할 말도 생각나지 않았다. 대위 계급장이 그렇게 수치스러운 적은 없었다. 인사담당자는 더 이상 내게 눈길을 주지 않았다. 가슴에서 불덩이 같은 것이 올라왔지만 억누르며 일어섰다. 발가락은 오그라들었고 등에선 식은땀이 흘렀다.

이것이 내가 취업박람회를 통해 얻은 선물이었다. 아마 사회로 나가는 첫 신고식이 아니었을까 싶다. 박람회장에 더 있고 싶지 않았다. 하지만 전역 이후 아무것도 결정되지 않은 상황이어서 여기저기 기웃거리다 무거운 발걸음을 돌렸다.

아버지 세대만 해도 장교로 제대하면 수많은 기업체에서 서로 데려가려고 했다고 한다. 건설회사, 금융권, 영업 분야 등에서 장교 출신을 선호했는데, 그때는 군대 시스템이 사회보다 앞서 있었다. 1970년대에서 1980년대 후반까지는 사회가 군 시스템을 모방하여 새로운 체계를 잡아 나가는 시기였다. 그런데 지금은 반대다. 장교 출신을 특별히 선호하지도 않는다. 아니 꺼리는 곳도 꽤 많다. 물론 아직 장교 출신을 우대하여 채용하는 곳도 있지만 나의 상황처럼 '중위' 출신을 선호하거나 분야도 '영업' 쪽이 많았다.

한 가지 예를 들면, 전역을 6개월 정도 남긴 시점에 꼭 전화가 오는 곳이 있다. 바로 '보험회사'다. 2007년 당시 내게 전화를 걸어온 보험회사는 8군데 정도 되었다. 즉 영업직에서는 아직도 장교 출신, 부사관 출신을 선호한다. 풍부한 군 인맥, 사람들을 통솔했던 경험과 교육하는 능력에 대해 높은 점수를 주는데, 나 같은 경우 연봉 2억을 보장하겠다는 보험회사도 있었다.

"현수야, 넌 책상만 깔아줘도 2억은 충분히 벌어간다. 만일 네가

2억을 못하면 내가 부족분을 채워 줄게."

　보험회사 영업을 우습게 보거나 비판하는 것은 아니다. 내가 단 한 번도 보험회사를 지원하지 않은 이유는 밑천이 없었기 때문이다. 보기와는 다르게 내향적이어서 인맥도 많지 않고, 그마저도 떨어지면 어떻게 될지 두려웠다. 그리고 많지도 않은 인맥을 보험 영업을 하면서 날릴 수는 없었다. 관점을 바꾸어 그들에게 '보험'이라는 선물을 준다고 생각할 수도 있지만, 가장 중요한 것은 내가 보험회사에 다닌다고 하면 대부분 전화를 꺼리게 될 것이 확실하기 때문에 나의 관점을 바꾼다고 될 문제는 아닐 성싶었다.

　내가 말하고 싶은 것은, 영업직을 천직으로 생각하고 그것을 준비하는 사람들에게는 영업직만큼 좋은 것이 또 있을까마는, 영업직밖에 갈 수 없는 상황이라면 문제가 심각하다는 것이다. 어쩌면 상당수의 간부 전역 예정자들에게 영업직밖에 갈 수 없는 상황이 닥쳐올지도 모른다.

　정말이지 나는 6년 동안 열심히 복무했다. 우리나라 최동북단에서 눈, 비, 산불, 홍수 등 다양한 자연재해를 겪었다. 지진 빼고 다 경험했다. 수많은 훈련과 잊을 만하면 생기는 실제상황. 그런 갖은 고생 끝에 사회에 첫발을 내딛은 내가 들은 말은 "우리는 대위를 뽑지 않습니다"였다. 당장 갈 수 있는 곳이라고는 보험회사밖에 없었다. 6년 중기복무자이기 때문에 '직업보도반' 혜택도 받지 못한 나는 서른 살의 무능한 남편, 부모님께는 걱정스런 아들이었다.

백수에 처가살이까지

2007년에 접어들면서 끝까지 인정하고 싶지 않았던 걱정들이 모습을 드러내기 시작했다.

'나가서 뭘 해서 먹고 살아야 할까?'

'자격증이라도 많이 따놨어야 하는데….'

그런데 유독 2007년 초부터 많은 일이 생겼다. 당황스러웠던 건 아내의 반응이었다. 털털한 성격인 아내는 스트레스를 많이 주는 사람이 아닌데 걱정이 되는지 슬슬 물어보기 시작했다. '나가서 뭘 해서 먹고 살아야 할까?'라는 질문에 속시원히 말해 줄 수 없는 내 입장이 참으로 한심했다. 전역하기 전에는 절대 결혼하지 않겠다고 결심했건만, 인생은 계획대로 되지 않는다는 것을 결혼 후 처음 알게 되었다.

전역을 6개월여 앞둔 시점에서 가장 큰 부담은 부대에서 생기는 업무 스트레스였다. "너 말년 티 내냐?"라는 말이 가장 듣기 싫었는데, 사실 따지고 보면 그렇게 말하는 사람보다 더 빨리 출근하고 더 늦게 퇴근하는 일이 많았다. 내가 미운 건지, 전역하는 내가 부러운 건지 조금만 신경을 덜 쓰거나 놓치면 그 말이 날아와 꽂혔다. 그 때 문에 하루에 담배를 두 갑씩 피워댔다.

나는 스물네 살부터 서른 살까지 군생활을 했다. 모든 가치관이나 생활방식이 군대에 젖어 있던 나는 사회라는 조직으로 돌아갈 때 참 으로 막막했다. 사실 사회로 돌아간다는 것이 두려울 일은 아니다. 군대에서 배운 리더십, 현장 경험이라는 무기를 가지고 자신감 있게 뛰쳐나갔어야 했다. 2016년 현재 내가 만들어 낸 초급간부 중심의 '대한민국 핵심리더' 교육과정에 참여한 이들에게 이렇게 말한다.

"걱정하지 마라. 여기서 보낸 시간은 결코 헛된 시간이 아니다. 너를 겁주는 그들이 하나같이 사회에서 별 볼일 없는 사람들이라는 것을 깨달았을 때 진정 용기를 가질 수 있을 거다."

아쉽지만 그때 나에게 그렇게 조언해 주는 사람은 없었다. 내 주변엔 모두 군인이었고, 사실 그런 조언을 할 만큼 사회 경험이 없었다.

일은 계속 꼬여만 갔다. 점점 높아져 가는 아내가 주는 스트레스가 바로 두 번째 스트레스였다. 사람들은 흔히 부부가 같은 직종에 근무하면 서로 이해의 폭이 넓을 거라고 생각한다. 나 역시 아내도 군인이었기에 뭐든지 잘 이해해 줄 거라 믿었는데, 군대용어와 뒷담화할 때 쉽게 통하는 것 말고는 전혀 그렇지 않았다.

예를 들어 내가 복무할 당시만 해도 회식에서 빠져나오기가 쉽지 않았다. 아니 거의 불가능했다. 술은 또 얼마나 먹는가. 다음 날 기상에 막대한 지장을 초래할 정도였다. 체육활동을 하고 나면 회식, 부대훈련이 끝나도 회식, 과장님 기분이 나빠도 회식, 전역이 다가올수록 회식으로 인한 스트레스는 더욱더 커져만 갔다. 왜냐하면 준비해 놓은 것은 없는데 허구한 날 술만 먹게 되니 스스로 스트레스가 커져만 가고, 가까스로 집에 와도 아내에게 절대 좋은 소리를 듣지 못한다. '한심하다, 어쩌려고 그러느냐, 이런 사람인지 몰랐다' 는 소리를 들을 때, 회식에 참석할 수밖에 없는 내 상황을 이해해 주지 못하는 아내가 정말 원망스러웠다.

'이 여자 군인 맞아?'

다행스럽게도 요즘 부대는 그런 막무가내 회식은 하지 않는다. PX 관리관을 할 때였는데, 내가 맡고 있던 부대 대대장이 이런 하소연을 했다.

"요즘 중대장들은 대대장이 목욕탕에 가자고 하면 선약이 있다고 빠지네. 관리관이 군생활 할 때만 해도 상상 못하던 일 아닌가?"

그래서 얼마나 웃었는지 모른다. 목욕탕에 가고 싶지 않은데 억지로 끌려가던 사람이 대대장과 나뿐이라는 사실이 너무 기쁘기도 하고, 젊은 간부들이 자기표현을 분명하게 하는 군대가 되었다는 것이 감개무량했다. 비록 목욕탕엔 가지 않지만 마음속 충성심은 절대 변하지 않았을 것이라 확신한다. 언제나 너그럽고 느긋하게 관리관을 믿어 주고 밝은 병영문화를 만들어 준 권혁환 중령님이 많이 생각난다.

업무 스트레스와 아내의 불신. 이런 것들로 괴로워하고 있을 때 아내 부대 군의관인 하종건 대위한테서 전화가 걸려왔다. 뜬금없었다.

"홍 대위님, 방 하사(아내) 일로 잠시 만날 수 있을까요?"

그는 내가 군생활 하면서 만난 가장 멋진 군의관으로 아내와 같은 의무실에서 근무하고 있었다. 의약분업이 막 시작될 무렵, 적시에 약을 구하지 못할 수도 있다고 판단한 그는 당시 의약분업과 무관한 약국을 강원도 전체를 뒤져서, 혹시 생길지 모를 약 부족 현상을 미리 예방한 군의관이다. 매 훈련 때도 최선을 다해 동참했고, 늘 환자의 입장에서 최선을 다한 멋진 군의관이었다.

"방 하사 아무래도 큰 병원에 가서 검사를 받아 봐야 할 것 같습니다. 평소 이상한 점 없었나요?"

이건 또 무슨 말인가? 한 가지 아내가 잠이 유독 많다고 생각했는데, 원래 그런 사람이려니 했다. 결혼한 지 한두 달째부터 알게 된 것은 주말 내내 잠만 자기에 나무늘보냐, 코알라냐고 핀잔을 주었었다. 또 잠을 자는 시간은 굉장히 많은데 깊이 잠들지 못하는 것 말고는 특이한 점은 없었는데, 그의 말을 들으니 가슴이 쿵 내려앉았다.

"평소 방 하사가 잠이 많고 유독 피곤해하는 같아 혈액검사를 해 봤는데요, 우려할 만한 상황인 것 같습니다."

"네? 무슨 말씀이세요?"

"아무래도 ○○○증후군 증상인 것 같습니다. 호르몬 계통의 이상인데, 뚜렷하게 치료할 수 있는 것은 아니고 증후군이라 평생 관리하면서 살아야 합니다. 심할 경우 불임이 될 수 있고 목소리가 변하거나 몸에 털이 많이 날 수도 있습니다. 살도 많이 찔 수도 있구요. 큰 병원에 가서 정밀검사를 해 보세요."

머리를 세게 얻어맞은 것 같았다. 전역 전 스트레스와 아내의 발병 소식이 나를 조여오기 시작했다. 불임이라니. 자식이 없을 수도 있다는 사실을 믿을 수가 없었다.

다음 날 아내는 강릉 아산병원에서 정밀검사를 했고, 예상했던 대로 '○○○증후군' 판정을 받았다. 원인은 알 수 없지만 다른 병처럼 스트레스가 원인이 될 수 있다고 했다. 어이가 없었다. 돌아오는 차 안에서 우리는 말없이 같은 생각을 했던 것 같다.

"우리 부부가 극한 스트레스에 시달리고 있구나. 하루라도 빨리 전역해야겠다."

원래 계획은 내가 먼저 전역하고, 아내가 1년 정도 더 군생활을 하기로 했었다. 내심 아내가 시간을 좀 벌어 줄 것으로 기대했고, 그 정도면 충분히 사회에서 살아나갈 실마리를 잡을 수 있을 거라 생각했는데, 역시 이번에도 계획대로 되지 않았다.

아내는 딸 셋의 막내라서 그런지 장남인 나와는 많이 다르다. 과감하고 신속하게 판단하며 이것저것 생각하지 않는 성격이다. 진단을 받은 아내는 며칠 후 전역 의사를 밝혔다. 당시만 해도 그 병은 의병 전역 사유에 해당되기 때문에 전역이 가능했던 것이다. 나보다 늦게 할 줄 알았던 아내는 4개월 정도 빨리 전역했고, 다음은 '경찰'에 도전해 보겠다며 서울로 먼저 가려고 했다. 극구 말렸다.

"군인 그만두고 경찰이라니, 그러려면 뭐하러 전역한 거야?"

내 말이 한 귀로 들어갔다가 한 귀로 빠져나가는 것을 보고 말리는 것을 포기했다. 아내는 즉시 경찰학원에 등록하여 서울 친정집으로 갔고, 나는 결혼 10개월 만에 홀아비 신세가 되었다. 정말 완벽하게 꼬여 갔다.

사실 '백수에 처가살이까지'는 이런 배경이 있었다. 내 직업도 결정되지 않았고 먼저 전역해서 경찰 공부에 매진하겠다는 아내. 그 상황에서 아내도 돕고 나도 시간을 벌 수 있는 건 '처가살이'라고 생각했다. 마음 같아선 모아 둔 돈으로 단칸 셋방살이라도 하고 싶었다. 지금 생각해 보면 그것도 좋은 방법이었을 수도 있지만, 그땐 그것이 두려움으로 다가왔었다. 얼마 안 되지만 모아 둔 돈도 그대로 지킬 수 있고, 아내의 공부 여건도 만들어 줄 수 있고, 나도 시간을 벌 수 있을 거라 생각했으니 '일석삼조'를 노린 셈이었다. 상황이 이쯤 되면 보험회사에 갈 수도 있었는데, 거기엔 절대 가지 않으리라는 결심을 되새기며 2007년 6월 30일 쓸쓸히 전역을 했다.

　이 시점에서 군인 가족들에게 부탁하고 싶은 것은, 지금 군인인 배우자를 끝까지 믿어 주라는 것이다. 다그치지 말고, 의심하지 말고, 그냥 말없이 웃어 주길 바란다. 그렇게 해야 하는 이유는, 당신의 배우자는 지금 몇 배 더 힘들게 웃고 있을 것이기 때문이다. 녹록지 않은 환경에서 군인을 위해 헌신하고 내조한 군인 가족들이 진정 위대한 분들이기에 충분히 그럴 수 있을 것이라 믿는다.

　자의든 타의든 원치 않은 전역을 앞둔 배우자가 있다면 더욱 믿어 주길 바란다. 절대 실망시키지 않을 것이다. 왜냐하면 자신이 가진 엄청난 잠재력과 능력을 스스로 잘 모르고 있기 때문이다. 당신의 배우자가 그것을 깨닫는 순간의 엄청난 도약을 반드시 가장 가까운 곳에서 목격하게 될 것이다.

거만해야 사는 남자

다시 생각해 봐도 나는 그때 어디든 취업을 했어야 했다. 찬밥 더운밥 가릴 처지가 아니었기 때문이다. 전역 직전 그 힘든 기간 동안 이곳저곳 이력서를 보내긴 했다. 제법 큰 건설회사에서는 아무런 응답이 없었다. 그건 학점이 문제였기 때문이다. 당시 알아주는 회사는 채용자격에 학점 3.0이상이라는 조건이 있었는데, 나는 그게 되지 않아 이력서를 내지 못한 회사가 많았다. "학교 다닐 때 공부 좀 열심히 할걸." 그래서 학점을 보지 않는 회사를 찾았다. 두 번째 제약조건은 바로 '자격증'이었다. 건설회사들은 '토목기사 1급 자격증'을 반드시 확인했다. 이도저도 안 되는 나는 원하는 회사에는 갈 수 없는 입장이었다.

그래서 전역 후 가장 먼저 따려고 했던 것이 토목기사 1급 자격증이었다. 아내도 경찰 시험 공부한다고 친정에 왔지만, 나도 다급한 상황이라 수험서를 구입하고 근처 도서관을 알아보았다. 오랜만에 하는 공부라 그런지 엄청 힘들었다. 엉덩이는 들썩들썩, 머리는 딴 생각. 어떻게 해야 토목기사 자격증을 딸 수 있는지 도무지 알 수가 없었다.

6년 만의 전역. 참 홀가분하긴 했다. 그렇게 많이 오던 전화도 울리지 않고, 아무도 내 시간을 간섭하지 않았다. 가장 좋았던 건 눈과 비 올 때였다. 내가 근무한 부대는 깊은 산속이나 해안가에 위치해 있어 기상 변화가 심했고, 그 때문에 툭하면 '재해통제'에 걸렸었다. 재해통제란 기상 악화 때 간부들의 위치를 통제하고 유사시 부대로 소집되는 명령시스템이다. 3단계부터 1단계까지 있는데, 2단계가 발령되면 지휘관 및 주요 참모 소집 명령이 떨어지고, 1단계로 승격되면 전 간부 소집이다. 난 군수과장이었기 때문에 3단계만 발령되어도 잔뜩 긴장이 되었다. 도서관에 가려고 버스를 탔는데 마침 밖에 눈이 많이 내리고 있었다. 문득 미친 듯이 제설작전을 하던 시절이 떠올랐다. 그때 버스 라디오에서 이런 멘트가 흘러나왔다.

"현재 폭설 경보가 내려진 강원도 동해 산간 지역은 적설량이 ○○ cm가 넘었으며, 이에 전 장병이 제설작전에 참가하고 있으나 역부족입니다. 도로는 통제되고 고립된 민가가 속출하고 있습니다."

그 말을 들으면서 내 오른쪽 입 가장자리가 살짝 위로 올라갔다. '아주 죽을 맛이겠다! 내 몫까지 열심히 치워라.' 제설작전에 죽을 고생을 한 분들이라면 이 말에 공감할 것이다. 그때가 전역한 지 6개월 정도 지난 시점이었는데, 그제서야 전역한 것이 실감났다. '재해통제' 없는 이 아름다운 사회. 이것이 무릉도원이 아닐까.

안간힘을 다했지만 첫 번째 시험 결과는 낙방이었다. 마음이 조급해졌다. 대학 때 공부 안 하고 군대 와서도 공부와는 무관하게 지냈는데 그렇게 쉽게 될 리 있겠는가. 핑계 없는 무덤 없다고 하지만 토목기사 1급 시험 자체가 만만히 볼 것이 아니었다. 마음을 다잡았다. 다음 해 3월 첫 시험도 낙방. 점점 어깨가 움츠러들기 시작했다. '내 머리가 이 정도로 나빴나?' 스스로에 대한 믿음도 서서히 무너져 가고 있을 무렵, 그해 6월 드디어 1차 시험에 합격했다. 뿌듯했으나 생각보다 너무 오래 걸렸고, 바로 이어서 2차 시험이 있어 기뻐할 겨를이 없었다.

2차 시험도 첫 번째는 고배를 마시고 두 번째 드디어 '토목기사 1급' 시험에 합격했다. 그때가 2008년 8월. 이제 자격증을 취득했으니 괜찮은 회사에 취업할 수 있을 거란 내 생각과는 무관하게 역시 아무 곳에서도 연락이 오지 않았다. 자격증은 있지만 나이가 서른이 넘고 경력이 없었던 것이다.

경력? 이건 내가 어떻게 해 볼 수 있는 게 아니었다. 내가 가진 건 대학 졸업 후 최전방 포병장교로 6년 근무한 경력뿐인데, 이건 어떻게 바꿀 수 없는 것이었다. 그때 과감히 건설회사 취업을 포기했으면 내게 또 다른 인생이 펼쳐졌을지도 모른다.

전역 후 우리에게는 돈이 몇천만 원 정도 있었다. 군생활하면서 열심히 적금 붓고 신혼집과 차도 샀으니 지독한 놈 소리 들을 만했다. 전역 후 퇴직금까지 합치니 적은 돈이 아니었다. 그런데 돌아보면 그 몇천만 원이 내게 안정감을 준 것이 아니라 나태함을 준 것 같다.

그 돈을 보존하겠다고 처가에 들어갔었고, 그 돈이 있었기 때문에 당장 굶어죽진 않았다. 하지만 그게 문제였다. 사람이 변하려면 아무것도 없는 궁지로 몰려야 하는 것을 뒤늦게 깨달았다. 죽기 직전의 낭떠러지로 가야 사람은 변한다. 절대 스스로 변하지 못한다. 오죽하면 '제 버릇 개 못 준다'고 하는가. 토목기사를 그렇게 늦게 취득한 것도 못 딴다고 당장 죽진 않으니까, 다음 시험을 보면 되니까, 그런 정신 상태 때문이었을 것이다. 난 그 생각을 제일 먼저 깨버렸어야 했다.

여전히 건설회사를 포기하지 못한 나는 지인을 통해 '기술사'에 대해 알게 되었다. 우리나라 자격제도는 크게 산업기사-기사-기술사 체계로 되어 있는데 기술사는 최상위 자격증으로 박사학위에 준하며, 대우도 최상급이라고 했다. 다만 토목기사 자격증 취득 후 일정 기간의 경력이 필요하고 설사 기사 자격증이 없더라도 현장 경력이 몇 년 있으면 시험을 볼 수 있는데 '포병장교' 경력은 유사경력으로 인정되어 기술사 시험을 볼 수 있는 자격이 주어진다는 것이었다.

바로 이거였다! 어차피 기사 자격증 가지고 회사에 가봐야 나이만 많이 먹은 애물단지 기사인데, 기술사 자격을 취득한다면 '최연소급'에 상당하는 기술사가 될 수 있을 것 아닌가. 기술사 공부를 해야겠는데 이미 1년이 지난 뒤라 아내에게도 양가 부모님들께도 공부를 더 하겠다는 말이 나오지 않았다. 그냥 아무 일이라도 하길 바랐던 가족들에게 죄송스러웠다.

그런데 의외였다. 아내는 순순히 공부를 더 해보라고 했다. 역시 나보다 훨씬 저돌적이다. 부모님들도 적극적으로 허락해 주셨다. 그 무렵 아내는 경찰 시험을 포기하고 전공을 살려 '임상병리사' 시험에 합격, 서울 구로동에 있는 종합병원에서 임상병리사로 근무하고 있었다. 경찰 시험을 2007년에 한 번 보더니 바로 방향을 바꿔 임상병리사 시험 준비를 시작했다. 군 입대 때문에 휴학했던 학교도 다시 복학하여 졸업장까지 손에 쥐고 종합병원에 바로 취업했다.

분명 아내의 저 졸린 듯한 눈은 속임수가 분명했다. 잠이 아무리 많아도 자기가 필요할 땐 정시에 눈을 뜨고, 말이 느리고 조용한 것 같아도 필요한 말은 또박또박 다 한다. 독서도 잘 하지 않는데 학점 관련 책들은 눈에 불을 켜고 읽는다. 경찰 시험도 딱 한 번 보더니 미련 없이 떠나는 것을 보니 정말 신기했다. '화성에서 온 남자, 금성에서 온 여자'라더니, 아내는 더 멀리 '안드로메다'에서 온 것이 아닐까.

어디까지나 '허락'이었다. 공부를 하기 위한 자금이나 여건은 알아서 준비해야 했다. 그것만으로도 감사했지만 막상 시작하려니 막막했다. 제일 먼저 드는 생각은 어쨌든 처가에서 나와야겠다는 것이었다. 우선 나 혼자만이라도 나와야겠다고 생각했다. 그때 나를 도와준 분이 도지원 목사님과 박종길 장로님이다. 목사님은 내 사정을 듣고 아무 말 없이 통장에서 40만 원을 인출해 주시며 기왕 하기로 했으면 최선을 다하라 했고, 장로님은 기술사에 대한 코치와 공부 방법에 대한 조언을 아끼지 않았고 매월 백만 원씩 1년 넘게 생활비를 지원해 주셨다. 두 분은 중학교 때부터 내 인생의 나침반 같은 분들이다.

기술사 시험은 100% 주관식이다. 그래서 어느 정도 필기 속도와 체력이 필요하다. 시험장에서 열심히 쓰다 보면 마치 조선시대 과거 시험장에 와 있는 기분이다. 수많은 선비들이 오와 열을 맞춰 앉아 붓을 들고 열심히 쓰는 모습과 흡사하다. 시험 감독관이 '시제'를 보여 주면 당황해하는 선비, 얼굴에 화색이 도는 선비가 있듯 기술사 시험장도 그렇다.

기술사 공부는 3년 넘게 매달렸다. 진짜 공부를 원없이 해 봤다. 엉덩이가 가벼운 내가 이렇게 긴 시간 공부만 하게 될 줄은 몰랐다. 역시 이것도 내 인생 계획에는 없던 일이었다. 그렇게 열심히 했지만 기술사 시험은 끝끝내 합격하지 못했다. 무려 5년이었다. 전역하고 지난 시간, 공부하겠다며 흘려보낸 시간, 수많은 원망과 미안함으로 보낸 시간이. 그동안 내게 남은 것은 '실패자'라는 스스로에 대한 낙인과 수많은 교재뿐. 지금 현재 내 모습은 이미 내가 아닌 듯했다. 5년 전의 내 모습과 지금의 내 모습은 완전히 다른 사람이었고, 전역 전에 사회를 두려워했다면 지금은 공포였다.

서른다섯이 된 내가 더 이상 들어갈 수 있는 회사는 없다는 생각이 들었다. 미래에 대한 막막함으로 가슴이 터질 것 같았다. 누구도 원망할 수 없었다. 내 스스로 택한 길이고, 수많은 도움을 받았다. 그리고 최선을 다했지만 실패했다.

그동안 나는 참 많이 변해 있었다. 어깨는 움츠러들었고, 사람들을 만나고 싶지 않았다. 도무지 잘난 것이 없던 내가 그래도 '거만하다'는 말을 들을 정도로 자신감 있게 살았었다. 그런데 이젠 도저히 그럴 수 없었다. 내가 얼마나 변했는지 알 수 있는 사건이 있었다. 오래

전부터 알고 지낸 후배, 언제나 든든한 그 후배와 오랜만에 소주 한 잔 할 기회가 있었다. 한참 분위기가 무르익을 무렵, 후배는 눈물을 흘리기 시작했다.

"형! 왜 이렇게 변했어. 형, 이렇지 않았잖아. 잘나지도 않은 사람이 잘난 척하면서 사는 게 꼴보기 싫더만, 이딴 식으로 변하니까 더 꼴보기 싫잖아!"

"무슨 말이야?"

"형은 자기가 얼마나 변했는지 몰라? 차라리 거만해라. 그게 형한테 더 잘 어울려. 형은 거만해야 사는 남자잖아!"

아주 오랜 친구만이 해 줄 수 있는 조언이었다. 나도 가슴 한구석이 먹먹해 왔지만 눈물을 참았다. 울면 더 안 될 것 같았다. 거만한 사람은 울지 않으니까. 울면 후배에게 더 실망감을 줄 것 같아서 꾹 참았다. 그리고 고마웠다.

전역 후 해야 할 계획이 무척 많았다. 그런데 단 한 가지도 계획대로 된 것이 없었다. 5년 동안 공부한다고 보낸 시간은 내 인생에 결정적인 실패로 다가왔고, 서른다섯이 된 지금, 아무런 희망도 없었다. 딱 한 번 시험 보고 아니다 싶으니 포기해 버리는 아내의 과감함이 실패한 고시생에게는 위대해 보였고, 더 이상 어떻게 해야 할지 도무지 모르는 상황이 되었다. '거만해야 사는 남자'는 더이상 존재하지 않았다.

서른 살 정년퇴직자

우리에게 '일'이란 단순히 경제적 수단 그 이상이다. '돈'을 버는 것이 '일'을 하는 가장 중요한 이유 중 하나지만, 돈이 너무 적다고, 나는 돈이 많으니까 하고 일을 안 하면 금방 흐트러진다. 반대로 돈은 벌지 못하지만 열심히 일하면 절대 흐트러지지 않는다. 참 신기한 사실이다.

절대 원하진 않았지만 나는 정년퇴직을 미리 경험했다. 서른 살에 전역하여 완벽한 백수상태가 되었고, 얼마의 돈은 있었지만 어떻게 해야 할지 몰랐고, 내게 주어진 시간은 완전 자유였다. 이것이 퇴직 후의 내 모습이었다.

그런데 갑자기 주어진 자유가 낯설었다. 전역의 기쁨을 누리는 시간은 정말 딱 일주일이었다. 결혼하지 않은 후배에게 결혼 이야기와 조언을 해 봤자, 군대 가지 않은 후배에게 군대에 대한 조언을 아무리 해 봤자 '소귀에 경 읽기'다. 내 눈앞에 닥쳐봐야 안다. 차라리 조언보다는 입 꽉 다물고 들어주는 것이 상대방에게 큰 위로가 될 수도 있다. 도움을 주겠다고 잘못 입을 열었다가는 도리어 화를 돋우는 경우가 그래서 발생하는 것이라 생각한다.

벌이가 없으면 모아 둔 돈은 금방 사라진다. 그렇다고 별로 쓴 것도 없다. 그런데 수입이 없으니 돈은 물 흐르듯 빠져나갔다. 당장 아르바이트 자리라도 구해야 했다. 그래서 얻은 내 첫 번째 일자리는 '화장실 청소'였다. 토목기사 2차 시험을 준비할 때 노량진에 있는 독서실을 다녔다. 그곳은 고시원과 같이 있는 독서실이었는데, 마침 '청소총무'를 뽑는다는 것이었다. 하루 종일 좁은 사무실에 앉아 독서실 접수 받고 내부 민원을 처리하는 '사무총무'보다는 새벽에 일어나 3시간 정도 바짝 청소하면 자유 시간이 주어지는 '청소총무'가 괜찮을 것 같았다.

"대위로 전역했는데, 이런 일 할 수 있겠어요?"

"대위 출신이 어떻게 청소하는지 보여 드리겠습니다. 시켜만 주십시오."

흔히들 '눈높이를 낮추라'고 말한다. 그런데 정말 당황스러웠던 건 눈높이를 낮춘 곳에서도 나를 부담스러워한다는 것이었다. 내가 원하는 곳에서도 내가 원하지 않는 곳에서도 나를 필요로 하지 않는다는 것이 힘들었다. 그래서 젊은이들에게 함부로 조언하기가 어렵다고 생각한다. 무엇이든 하겠다고 각오한 젊은이들에게 사회는 냉정할 수도 있기 때문이다.

당시 조건은 월급 30만 원에 식권과 독서실 자리 제공, 합치면

50~60만 원 정도였다. 30만 원은 하숙비로 하면 공부하는 데 돈은 들지 않아도 되었다. 일은 새벽 4시쯤 일어나 고시원 복도, 화장실, 독서실 내부 청소를 하는 것이었다. 일을 하기로 하고 전임자에게 인수인계를 받으면서 느낀 것이 많았는데, 화장실 청소가 내게 첫 번째 가르쳐 준 교훈이 있었다.

전임자는 일을 정말 끝내주게 했다. 청소 요령을 정확하게 아는 듯했고 속도도 엄청났다. 특히 화장실 휴지통에 비닐봉투를 끼고 빼는 기술은 예술이었다. 가득 찬 휴지통을 발을 이용해 순간적으로 압축시키고 빼내는 동시에 새로운 비닐을 끼우는데, 그때 휴지통과 비닐을 꽉 물리게 하기 위해 비닐에 손가락을 끼우고 회전을 시킨다. 정확히 세 바퀴 반을 돌고 난 휴지통에 비닐이 깔끔하게 씌워졌다. 그리고 대걸레 빠는 방법, 스팀청소기 사용하는 방법, 청소하는 순서와 그 이유까지 디테일하게 일을 잘 했다.

"형님은 왜 이 일을 하려고 해요?"

나보다 어린 전임자가 궁금했는지 슬쩍 물어봤다.

"그냥 공부하는 데 도움이 될까 해서. 최소한 돈 문제는 해결할 수 있잖아."

고개를 두어 번 끄덕이던 전임자는 그때부터 열변을 토하기 시작했다.

"형님, 내가 일을 얼마나 열심히 하는지 아십니까? 형님도 보셨지만 이게 만만한 일은 아니에요. 조금이라도 소홀히 하면 금방 티가 나요. 근데 여긴 진짜 말도 안돼요. 월급이 이게 뭡니까. ○○고시원은 월급이 10만 원은 더 많아요. ○○고시원도 8만 원이 많구요. 제가 그만두는 이유가 뭔지 아세요?"

"잘 모르겠는데?"

"사실 이 고시원 사장, 건물주예요. 임대를 주었다가 장사가 잘 되는 걸 보고 들어온 거죠. 제가 전부터 여기서 일을 했는데요. 바뀐 사장에게 월급을 좀 올려 달라고 했어요. 몇 번을 얼버무리던 사장이 결국 나갔으면 좋겠다고 하더라구요."

그러면서 옮기기도 거북한 말들을 내뱉기 시작했다. 나는 살짝 당황했지만 그 입장에서는 충분히 그럴 수 있다고 느꼈고, 일을 잘했기 때문에 서운한 감정을 가질 수도 있을 거라 생각했다. 하지만 한 가지 의문점은 그가 이 일을 '평생직업'으로 여기는 것 같다는 것이다. 공부하면서 잠깐 하는 일인데 너무 월급에 목을 매는 것이 아닌가 싶었다. 10만 원 더 받아야 얼마나 도움이 될 것이며, 그게 얼마나 대단한 일이라고. 하루라도 빨리 노량진을 빠져나가는 게 답이 아닐까 싶었다.

아무튼 내 사회생활의 첫 월급은 노량진 고시촌 청소총무로서 받은 것이었다. 이제와 고백하지만 난 전임자처럼 스페셜하게는 하지 못했다. 대위 출신이 어떻게 청소하는지 보여 주겠다고 했는데, 사장 입장에서는 썩 맘에 들지 않았을 것이다. 지금 돌아보니 '평생직업'처럼 일하던 전임자가 맞았다고 생각한다. 나는 그렇지 않았으니 그런 결과가 나오지 않았다.

화장실 청소를 하면서 느낀 교훈은 일만 잘하는 것이 중요한 게 아니라 긍정적인 자세로 일하는 것이 중요하다는 것, 그리고 아무리 하찮은 일이라도 뼈를 묻는 각오로 열심히 해야 한다는 것, 마지막으로 여자화장실이 남자화장실보다 훨씬 더 힘들다는 것이다. 이른 새벽 손걸레로 계단 바닥을 훔치며 내려오는 내게 발로 툭툭 치며 비키라는 신호를 보내던 여학생. 피가 거꾸로 솟는 것 같은 불쾌감을 느꼈지만 말없이 비켜 주던 내 모습을 보며 '사회화' 되고 있음을 절실히 느꼈다.

퇴직 이후의 삶, 결코 만만히 볼 것이 아니었다. 수년간 만들어진 모든 습관과 가치관이 통째로 무너지는 경험을 했다. 나를 찾는 이도, 내게 주어졌던 모든 힘도 이젠 없다. 머리로는 이해했지만 실제 상황은 결코 여유만만하지 않았다. 《쿨하게 생존하라》(김호)는 책을 보면 "직장이 있는 것과 직업이 있는 것은 다르다"고 했다. 직장 다닌다고 직업이 있는 것이 아니라는 것. 할 줄 아는 것도 별로 없고, 그렇다고 열심히 하는 것도 아니고, 어깨에 힘만 잔뜩 주고 과거의 영광만 찾고 있었으니. 그런 상황에서 무턱대고 사회로 나온 사람을 누가 반겨 주겠는가.

아내의 재입대

"나 군대 다시 가고 싶어."

2008년 말경 아내가 이 말을 했을 때 순간 내 귀를 의심했다. 전역 후 임상병리사 자격증을 취득하고 종합병원에서 잘 근무하고 있는 줄 알았는데, 도대체 이 무슨 날벼락 같은 말인가. 군대가 싫어서 신나게 나올 때는 언제고, 이제 다시 가고 싶다고?

"몸이 아파서 나왔는데 재입대가 가능하겠어? 나이는 또 어떡하구!"

"병원에서 일하며 다시 검사해 보니 그 증후군 증상은 말끔히 사라졌대. 그 증상이 전역 사유도 아니었고, 나이도 지금이 마지막이야."

"합격한다고 치자. 또 최전방으로 가면 어쩔래?"

"합격이나 했으면 좋겠어. 그 다음은 그때 생각하면 되는 거구."

"그런데 왜 재입대야? 무슨 일 있었어?"

"아니, 무슨 일이 있기보다는 사회에 나와서 보니 군대가 훨씬 더 좋았던 것 같아. 당시 불합리하다고 생각했던 것들이 여기서도 그대로고. 사회라고 해서 특별히 다를 것이 없어."

황당하기도 했지만 아내의 말에 공감이 갔다. 그 무렵 나도 사회나 군대나 크게 다를 것이 없다는 것을 느끼고 있었기 때문이다. 사실 말릴 입장도 아니었다. 내가 돈을 척척 버는 것도 아니고 본인이 다시 도전하겠다는데 해 볼 수도 있지 않을까 싶었다.

이쯤에서 난 아내가 안드로메다보다 더 먼 곳에서 온 게 아닐까 강하게 의심하게 되었는데, 마음 한구석은 꽤 복잡했다. '나 때문에 저런 결심을 한 건 아닐까?' 그때 아내에게 정말 미안한 마음이 들었다.

필기시험과 체력측정, 면접을 보고 난 2009년. 한번 도전이나 해보라고 지지해 준 재입대 시험에 아내는 당당히 합격했다. 깜짝 놀랐다. 가족들에게도 비밀로 하고 진행한 일이라 합격 사실을 발표했을 때 다들 무척 놀라는 눈치였다. 특히 우리 부모님은 더 그러셨다. 전역해서 직장도 없는 아들이 기죽을까 늘 걱정이셨는데, 며느리가 다시 군대에 간다고 하니 얼마나 심려가 크셨을까. 또 결혼한 지 3년이 넘었는데 아이 소식도 없으니 무척 답답하셨을 것이다.

물론 지금은 더 좋아하신다. 확실히 아내는 나와는 완전히 다르다. 훨씬 저돌적이고, 미리 앞날을 걱정하지 않는다. 남편에게 스트레스를 거의 주지 않는 것도 고맙다. 그런 아내의 성향은 장인 장모님의 영향을 분명히 받았을 것이다. 속으로는 안타까우셨겠지만, 그런 사위에게 부담을 주지 않으려고 늘 신경 쓰셨던 것을 잘 알고 있다. 평생을 두고 보답해야 할 은혜.

어쨌든 당당히 합격한 아내는 전역한 지 2년 만에 부사관 학교에 다시 입교했다. 만 서른 살에 10년 가까이 차이나는 20대 동기들과 같이 뛰어다녀야 했지만 난 전혀 걱정하지 않았다. '지구인'이 아니니까.

'최전방 부대로 가면 어떡하지?'라는 걱정과는 달리 아내는 경기도 포천지역에 배치를 받았다. 최전방이 아니어서 다행이었다. 하긴 끝에서 끝에 가는 데 5시간밖에 걸리지 않는 나라에서 최전방이 무슨 의미가 있을까만, 이제는 그곳에서 살아가야겠다는 마음의 준비를 했다. 겉으로 내색하진 않았지만 하나씩 하나씩 자신의 길을 헤쳐나가는 아내를 바라보며 아직도 기술사 공부에만 매달리는 내가 초라했다. 하지만 포기할 순 없었다. 포기하기엔 아직 이르다고 믿었다.

결코 잊지 말아야 할 것들

2008. 5. 13(화) 23 : 54

- 100원이 모자라 담배를 못 사고 있는 돈 다 털어 1,000원짜리 김밥한 줄 사먹고 200원짜리 까치담배 세 개피 산 후 400원을 비상금으로 남긴 기억(당시 노량진에는 까치담배가 있었다.)
- 강남역에서 2,000원밖에 없어 점심을 포기할까 하다가 우연히 발견한 도시락 가게에서 1,700원짜리 도시락을 먹은 기억
- 환승 시 추가요금 100원이 붙을까 봐 몇 정거장 걸어간 기억
- 1,500짜리 김밥 말고 1,000원짜리 김밥을 찾아다닌 기억
- 점심값 2,200원(노량진 뷔페식 식당 점심이 2,200원)을 아까워하다가, 그래도 '이건 아니다' 싶어 3,000원짜리 칡냉면을 사먹으며 행복해했는데 순간 우울했던 기억

- 돈이 없어 아예 친구들을 만나지 않았던 기억
- 친구 결혼식 축의금이 부담스러워 일주일을 고민하다가 하루 전에 만났는데 축의금만큼 비싼 점심을 사는 친구에게 무안했던 기억
- 어버이날 동생이 식사비를 냈던 기억
- 인천에서 부동산 강의를 듣고 배가 고파 학원 아래 분식집에서 냉면을 먹는데 그 식당에 온 담임 교수님이 내가 안쓰러웠는지 앞으로 대전에 가지 말고 여기서 강의를 들으라고 배려해 주시며 몰래 냉면값을 계산해 주었던 기억
- 너무나 비참하지만 나는 다짐한다. '이것이 반드시 내 인생의 거름이 될 거야'라고.

이 일기를 쓴 것은 전역한 지 1년이 되어 갈 무렵이다. 구질구질하기 짝이 없다. 지금 생각해 보면 왜 그랬을까 싶다. 담배는 끊으면 되고, 식사도 그냥 사먹어도 됐었다. 지나가는 강아지에게 던져 주어야 했을 '자존심' 때문이었을까. 용돈이 떨어지면 아쉬운 소리가 하기 싫었기 때문이다. 바보 같은 나. 불필요한 고생은 피하는 게 상책이다.

2009년 겨울, 아내가 재입대하고 서울 생활을 정리하여 포천에 새 둥지를 틀었다. 마을 근처에 공부할 수 있는 '작은도서관'이 있어, '기술사' 공부에 집중했다. 시간은 빠르게 흘러갔다. 어느새 전역한 지 3년이 지나 있었다. 작은 돈벌이라도 해야 한다는 압박에 시달리

던 나는 도서관에서 알게 된 동생으로부터 방과 후 교사 이야기를 듣게 되었다. 평소 가르치는 것에 흥미가 많았던 나는 군대에서도 '교육장교'를 했고 연구강의대회에서 입상을 하기도 했다.

"형님, 가르치는 것에 흥미 있으세요? 이 주변 초등학교에서 방과 후 교사를 뽑는데요. 관심 있으면 지원해 보세요."

하루 두세 시간만 아이들을 가르치면 된다고 했다. 급여도 시간에 비해 적지 않았고, 일종의 '공무원' 아니던가. 교육청 사이트에 들어가 한 학교를 발견하고 즉시 지원했다. 면접장에서 교장선생님의 흡족해하던 표정이 지금도 생각난다. 장교 출신의 남자 선생이 무척 반가우셨던 것 같다. 호랑이 선생님이 되어 달라고 말씀하셨다. 요즘엔 장교로 군대 갔다 와도 별로 알아주지 않지만, 옛날 분들은 장교 출신에 대한 선호가 분명히 있다. 특히 50세 이상 된 분들은 존경심을 표하는 경우도 종종 있다. 그 이유는 우리 선배님들이 군생활을 멋지게 했기 때문이 아닌가 싶기도 하다.

내가 맡은 반은 '5학년 이상 공부 포기 문제아 남학생반'이었는데, 내 첫 제자는 공부는 매우 부족했지만 문제아는 아니었다. 착했다. 부모님은 서울에서 직장생활을 하고 할머니 댁에서 자라는 아이인데, 시골 마을에는 이런 조손가정이 많다. 문제는 할머니 할아버지들의 양육방식이다. 대부분 방치하거나 미안해하며 아이를 버릇없게 만들거나, 기본적으로 배워야 할 공부의 때를 놓치게 만드는 경우가 많다.

이 아이는 버릇이 없지는 않았다. 대신 아무런 의욕이 없었다. 공부를 해야 할 이유도, 욕심도 전혀 없었다. 이런 아이에게 어떻게 의

욕을 불어넣어야 할까, 이것이 큰 숙제였다. 윽박지르고 무섭게 해도 그때뿐. 전혀 나아지지 않았다. 방법을 바꾸었다. 공부는 잠시 내려놓고 아이와 함께 냇가에 물고기를 잡으러 다니고, 고구마도 구워 먹었다. 공부하자 할 때는 반쯤 감긴 눈이, 고구마를 구워 먹을 때는 그렇게 반짝거릴 수가 없었다. 이건 방과 후 교사니까 가능한 일이다. 선생님들은 이럴 시간이 없다. 어차피 공부에 관심 없는 아이였다. 대신 나는 카드놀이를 하자고 살살 꼬드겼다.

"자, 이 카드 앞면에 문제를 쓰자. 뒷면엔 답을 쓰고 오늘 카드 10장 맞추면 고구마 먹으러 간다. 그리고 내일 또 맞추면 냇가 가는 거다."

이 방식은 《공부의 비결》(세바스티안 라이트너)이라는 책에서 차용했다. 실제 내 공부에도 그대로 적용하고 있던 터라 확신이 있었다. 책에 대해 거부감을 느끼는 아이에게는 분명히 좋은 방법이 될 수 있다고 믿었다.

실제로 아이는 어느 정도 성적이 향상되었다. 물론 많이 향상된 건 아니지만 분명 5학년 1학기 중간고사보다는 기말고사 성적이 올랐다. 수학과 과학 점수가 많이 올랐는데, 이대로라면 더 많이 올릴 수 있을 것 같았다. 역시 기대했던 대로 2학기 중간고사 점수는 훨씬 더 많이 올랐다. 신났다. 교장선생님도 신이 나신 것 같았다. 그런데 실망스럽게도 담임선생님이 이런 말을 했다.

"아무래도 부정행위를 한 것 같아요."

호되게 혼을 냈다. 그리고 다시 시험지를 얻어서 시험을 봤다. 그리고 다시 그 점수를 확인시켜 주었다.

"네가 정정당당히 시험을 봤어도 수학과 국어 성적은 올랐을 거야.

왜 부정행위를 했니? 선생님은 그렇게 가르쳐 준 적이 없는데."

　1년 동안 방과 후 교사를 했다. 정말 재미있었다. 아이를 가르치면서 내가 배운 것이 훨씬 많았다. 녀석과의 추억이 너무 소중했다. 아쉬운 것은 6학년까지 계속했으면 성적이 많이 오르지 않았을까 하는 것이다. 지금은 고등학교 2학년쯤 되었을 텐데, 어떻게 지내는지 궁금하다.

　군대에서의 경험은 학교에서도 별 무리 없이 적용되었다. 병사들을 가르치고 재미있게 알려주려 고민했던 경험들이 초등학생에게 그대로 적용된 것이다. 군대생활에 도통 관심 없어하는 병사들이나 공부에 전혀 관심 없어하는 아이들이나 크게 다를 것이 없었다. 이렇게 사회에서 적용될 것이라고는 예상하지 못했다.

난 이런 일을 할 사람이 아니야

 처음엔 잘못 들었지 싶었다. 기다리던 말이긴 했으나 막상 들으니 말로 표현할 수 없을 만큼 떨렸다.

"나 임신한 것 같아."

일요일 아침이었다. 나는 거의 스프링처럼 벌떡 일어나며 외쳤다.

"빨리 준비해, 병원 가자!"

아내는 이미 임신테스트기를 사용해 본 모양이었다. 이곳은 일요일에 문을 여는 산부인과가 없어 차에 시동을 건 후 서울로 향했다.

"글쎄요, 임신 같긴 한데 너무 초기라서 확답을 드릴 수는 없습니다. 다음 주에 다시 와 보세요."

모니터에 보이는 초음파 사진에는 불량 화소처럼 아주 작은 점 하나가 있었다. 그런데 예뻐 보였다. 나는 확신했다. 다음 주까지 기다릴 필요가 없을 것 같았다. 6년 만이었다. 특별히 피임을 한 것도 아니었다. 하지만 아이가 생기지 않았다. 아내도 나도 스트레스 때문이라고 생각했지만 조급해하진 않았다. 아직 내 직장 문제가 해결되지 않았고, 아내도 다시 군대생활을 시작하는 입장이었기 때문이다.

더 이상 공부를 계속해서는 안 된다는 것을 직감적으로 느꼈다. 남편 역할은 부족했지만 아빠 역할도 그래서는 안 된다는 생각이 들었다. 사실 지난 기술사 시험은 자신이 있었다. 답안지를 빠짐없이 다 채워서 제출했기 때문이다. 그러나 결과는 낙방이었고, 더 절망적이었던 건 그전 시험점수와 크게 다르지 않았다는 것이다. 나중에 알게 되었지만, 기술사 시험은 단순히 지식을 나열한다고 해서 합격할 수 있는 것이 아니었다. 현장 경험이 답안지에 녹아 있어야 한다고 했다. 나는 현장 경험이 없으니 될 리가 없었다. 물론 아니라는 의견도 있었지만 끝내 합격하지 못했기에 정답은 모르겠다. 중요한 건 이제 그만해야겠다고 결심한 것이다.

주변에 알렸다. 그 다음엔 무엇을 해야 할지 감이 잡히지 않았다. 하지만 궁하면 통한다고 했던가. 오랜만에 전화를 한 대학 선배가 괜찮은 자리 나올 때까지 해 보라며 알려준 일자리가 '군납 트럭기사'였다. 그리고 우리 집 앞에 있는 회사를 알아봐 주었다. 찬밥 더운밥 가릴 처지가 아니었다.

"현수야, 일이 힘들다는데 할 수 있겠어? 잠깐 하면서 기다려봐. 내가 더 알아볼게."

"걱정 마세요. 힘들면 얼마나 힘들겠어요. 제가 또 운전은 잘 하잖아요."

군부대에 있는 마트, 즉 PX에 물품을 납품하는 운전기사였다. 내가 입사한 회사는 주로 음료수와 술을 납품했는데, 작업할 때 쓰는 빨간색 반코팅 장갑을 하루에 3개 이상 썼다. 운전만 하면 크게 힘들게 없는데, 창고에서 물건을 실어 마트에 내려주고, 다시 돌아와서 내일 납품할 물건을 싣는 등 일일이 수작업으로 반복했다. 별 보고 출근했다가 별 보고 퇴근하는 일이 비일비재했다. 내 차는 18년이 넘은 5톤 트럭이었다. 운전 중에 브레이크가 고장나기도 하고 타이어가 터져 큰일날 뻔한 일도 있었다.

군납 트럭기사 시절 내가 몰던 열여덟 살 트럭. 굴러가는 것이 신기할 정도로 노후된 차량이다. 달리던 중에 펑크가 나기도 하고, 브레이크도 파열되어 크게 위험했던 적도 있다. 하지만 물러설 수 없었다. 사명감을 가지고 열심히 했더니, 알아봐주는 사람이 한두 명씩 늘어가기 시작했다.

이제 나도 아빠다. 여기서 무너지면 더 이상 갈 곳도 없다. 뼈를 묻겠다는 각오로 배수진을 쳤다. 큰 계획도 희망도 없었지만 그냥 부끄럽지 않은 아빠가 되고 싶었다. 신기한 건 몸은 땀에 절어 쉰내가 풀풀 나는데도 이유 모를 즐거움이 있었다는 것이다. 그 냄새는 사관후보생 이후 처음이었다. 내 모든 에너지를 쥐어짜서 일하고 집에 돌아가면 녹초가 되는데도 즐거웠다.

회사에서는 나를 두고 큰 내기가 벌어졌던 모양이다.

"쟤 대위 출신이래. 며칠이나 버틸까?"

가장 유력한 예상은 '3일'이었다고 한다. 여기서 3일 버티면 인정한다고 했단다. 하지만 나는 그곳에서 7개월을 일했다. 처음엔 정말 하늘이 노랗게 보일 정도로 힘들었다. 더욱이 그 직전에 다리가 부러졌었고 완전히 회복된 상태도 아니었다. 정말 지지리 재수도 없는 육군 대위 출신이 사회에 나와 목숨 걸고 처음 버텨 낸 일은 트럭기사였다.

힘든 것도 일주일이었다. 딱 일주일 버티니 다음부턴 요령이 생겼다. 그리고 이런 육체노동의 최대 장점은 아무 생각 없이 일한다는 것이다. 공부를 포기한 게 부끄러울 겨를도 없었고, 패배의식 따위를 느낄 힘도 없었다. 회사 사람들도 나를 인정해 주기 시작했다. 소속감이라는 게 다시 생기고, 나를 신임해 주는 사람들이 생겼다. 술자리에도 끼워 주기 시작했다.

"너 어쩌다가 이런 일까지 하게 됐냐?"

"이런 것 저런 것 다 해보다가 여기까지 왔네요."

"그래? 대위 출신이라며, 힘들지 않냐? 언제까지 할 거야?"

"힘들긴 한데 즐겁습니다. 언제까지라뇨? 죽을 때까지 하려고 하는데요."

"거짓말 하지 마. 너 이런 일 할 사람 아니잖아!"

"에이, 그런 게 어디 있나요. 저 이런 일 할 사람 맞아요."

"그래? 넌 그럴지 모르지만 난 여기서 이런 일 할 사람이 아니야. 사정이 있어서 잠깐 하는 거지."

"그래요? 이 일 하신 지 얼마나 됐는데요?"

"가만 있자, 올해로 9년 넘었네."

"네?"

잠깐 하는 일이라고 하기엔 좀 길지 않은가? 30년을 일하겠다고 각오한 트럭기사 홍현수는 정확히 7개월을 하고 그만두었다. 사실 더 하고 싶기도 했지만 트럭기사를 하면서 알게 된 많은 관리관들이 PX관리관에 도전해 보라고 권유했고, 다음 해 3월 당당히 합격했기 때문이다. 많은 분의 도움으로 단번에 합격했고, 납품하는 사람에서 납품을 받는 사람으로 바뀌었다. 다시 군대의 품으로 돌아가게 된 것이다. 전역한 지 5년 9개월 만이었다.

트럭기사를 하면서 깊이 깨달은 것은 '이런 일'을 할 사람이 정해져 있지 않다는 것이다. '어떤 일'도 귀천이 없고, 그 '일'을 스스로 귀하게 여기지 않으면 그 '일'이 나를 귀하게 여기지 않는다는 것이었다. 그리고 그 '일'은 절대 그 사람을 놔주지 않는다는 것이다. 난 '군납 트럭기사 일'이 무엇보다 귀했고, 내 인생의 전환점이자 즐거움이었다. 그러자 '군납 트럭기사 일'이 7개월 만에 나를 밀어냈다. '넌 이런 일을 할 사람이 아니다' 면서.

초등학교 방과 후 교사를 할 때 알게 된 선생님이 고물트럭에서 땀을 뻘뻘 흘리며 혼자 상자를 내리는 내 모습을 보고 무척 당황해하던 모습이 선하다. '어쩌다가 그렇게 됐느냐'는 듯 얼굴에 '딱하다'는 표정이 역력했는데, 오히려 내가 더 반갑게 인사하는 모습을 보며 더 그랬다. 하지만 난 단 한 번도 창피한 적이 없다. 도리어 운전하면서 받게 되는 위병소 병사들의 우렁찬 경례 소리가 집에 돌아온 듯 안정감을 주었다. 왜 이제야 돌아왔느냐고 말하는 것 같았다. 물론 가끔 턱짓을 해가며 물건을 여기에 둬라, 저기에 둬라 하는 병사들도 있었다. 화가 치밀 때도 있었지만, 이미 그것을 표현하지 않을 수 있는 '사회화' 과정은 되어 있었다.

지금도 가끔 그 회사 사장님이 농담 삼아 물어본다.

"현수야, 다시 트럭운전 하라고 하면 할 수 있겠냐?"

내 대답은 늘 한결같다.

"아시잖아요. 제가 얼마나 더 재미있게 할 수 있을지!"

군납 트럭기사를 할 수 있도록 큰 도움을 준 최용부 선배에게 감사드린다.

군납 트럭기사에서
국군복지단 근무원으로

국군복지단에 입사해서 가장 반가웠던 것은 다름 아닌 '식사'였다. 소위 말하는 '짬밥' 말이다. '식사 후 남은 잔반'을 일컫는 '짬밥'은 '경력'이라는 말로도 흔히 쓰이는데, 더 이상 군대 식사가 '짬밥'이라는 비속어로 불려서는 안 된다고 생각한다. 왜냐하면 너무 맛있기 때문이다.

전역 후 가장 그리웠던 것은 아이러니하게도 이 '짬밥'이다. 이건 전혀 예상치 못한 일이다. 군대는 때 되면 착착 밥이 나온다. 전쟁이 나도 밥이 나오는 곳은 군대뿐이다. 더구나 특별한 사유 없이 안 먹으면 영창을 보낸다고 위협할 정도로 결식을 금지시킨다. 그만큼 잘 챙겨준다는 말이다. 영양사가 고민해서 만든 식단인 만큼 영양소도 풍부하다. 혹여 '너무 과장하는 것 아니냐?' 할지도 모른다. 물론 내가 싫어하는 메뉴도 있다. 카레밥, 짜장밥, 군데리아가 대표적이다. 조금 과장해서 말하면 그것 때문에 전역했다고 할 수 있을 정도다.

그런데 요즘엔 꼬리곰탕에 떡볶이, 냉면, 쫄면 등 신메뉴도 많다. 아내가 다시는 밥을 안 차려줄지도 모르는 위험을 무릅쓰고 다시 강조하자면, 어떨 땐 '집밥'보다 맛있다.

2013년 3월 2일, 첫 출근 후 본부에서 점심식사를 했다. 눈물이 날 뻔했다. '군납 트럭기사'를 할 때도 먼발치서 구경만 했지 먹어 보진 못했다. 거의 6년 만에 먹어 보는 그 밥이 왜 그렇게 맛있었는지! 자녀를 군대에 보낸 부모님들은 먹는 것에 대해서 절대 걱정하지 않아도 된다. 정말 잘 나온다. 되레 체중조절을 감독해야 할 것이다. 전역해 보니 내가 밥을 먹든 안 먹든 가족 외에는 아무도 관심이 없었다. 먹을 만하면 6천 원 이상이다. 백수 입장에서는 난감한 일이 한두 번이 아니었다. 아마 편의점이 없었으면 나는 생존을 위협받았을지도 모른다.

국군복지단은 말 그대로 장병들의 복지를 전담한다. 호텔, 콘도, 체력단련장, 마트(편의상 이후로는 PX로 부르겠다. 물론 공식명칭은 '군마트'), 기숙사 등 군인과 군인 가족의 편의를 위한 국방부 직속 기관이다. 나는 PX 관리분야에 속한 근로자로 정식 공무원은 아니지만 '근무원'으로 불리는 국방부 소속 계약직 민간 근로자쯤으로 보면 된다.

한 개의 PX는 통상 판매병 2명과 관리관 1명으로 이루어지는데, 1명의 관리관은 적게는 3~4개, 많게는 7~8개의 PX를 관리한다. 전방 지역 기준이다. 쉽게 설명하면 편의점 4개 이상 가진 점주라고 보면 된다. 절대 만만치 않다. 현역 시절 우리 부대에도 PX가 있었다.

그때는 하루 한 번씩 가서 송금을 하는 아저씨 정도로 봤다. 그런데 내가 그 자리에 있게 될 줄 누가 알았겠는가.

직접 운영해 보니 절대로 그냥 아저씨가 아니었다. '군납 트럭기사' 때보다 더 힘들었다. 내가 맡은 마트는 '백골부대'로 불리는 유명한 전방사단으로 크고 작은 6개의 마트였는데, 정말 정신없었다. 단순히 잔돈을 바꾸는 일만 해도 묵직한 동전자루를 들고 다녀야 했다. 일정부분 이상의 결손은 전적으로 관리관이 책임져야 한다. (물론 마트 유형에 따라 약간 다르긴 하다.) 때문에 판매병과 관리관이 서로 믿지 않으면 운영해 나가기가 매우 어렵다. 또한 해당 부대 간부들과 원활한 의사소통을 통해 복지에 관한 신속한 지원을 해야 한다.

아무리 힘들다고 한들 거의 6년 만에 입사한 번듯한 회사에서 불만이 있을 리가 없다. 여기서도 죽어라 일했다. 자세한 이야기는 차차 하겠지만 이곳에서도 많은 깨달음을 얻었다. 재미있었다. 내가 근무했던 '군대'라는 조직에 무언가 보탬이 될 수 있다는 것만 해도 정말 감사했다. 더구나 그 분야가 '복지' 아닌가. 군인들의 복지를 위해 일할 수 있다는 것이 내게 충분한 동기유발이 되었다.

군대라는 곳이 정말 싫었다. 그런데 막상 나가보니 사회도 완벽한 곳은 아니었다. 그리고 다시 군대라는 곳에 간접적이지만 돌아오게 되었다. 무턱대고 싫어했던 '군대'에게 너무 미안했다. 그래서 보답하고 싶었다. 앞으로도 쭉 그럴 테지만 말이다.

성공의 기준은 다양하다. 나에게 경제적으로 성공했느냐고 물어본다면 아직 멀었다. 그러나 경제적 성공을 해야만 들려줄 이야기가 많은 것이 아니다. 경제적 성공만을 동경하던 시대도 지났다. 분명히 나이도 많지 않다. 고생의 강도도 기간도 그렇게 대단하지 않다. 하지만 확신한다. 그러기에 더 재미있게 이야기해 줄 것들이 많다고. 여러분이 충분히 공감할 만한 것들을 더 많이 가지고 있다고 말이다.

여기까지가 전역 이후 5년간의 내 스토리다.

국군복지단 입사 후 나의 첫 마트다. 군인들을 위해 헌신할 수 있는 이 직업이 정말이지 너무 만족스럽다.

땡큐 레터 1. 판매병이 관리관에게 보내 온 편지

안녕하세요, 관리관님. 그동안 안녕하셨는지요?

전역한 이후에 편지로 먼저 찾아뵙게 되어 죄송할 따름입니다. 우연한 기회에 글을 쓰게 되어 전역한 지 1년이 지난 지금에서야 제 군생활에 대한 기억들을 하나둘 떠올리며 관리관님께 들려 드리고자 합니다.

입대하던 날, 모든 장병이 그러하듯이 저 또한 마찬가지로 군대가 싫었고 무서웠습니다. 실제로 경험해 보지도 않은 사실에 괜히 걱정만 가득했던 것이죠.

그러나 괜한 걱정은 아니었습니다. 훈련소에서 매일매일의 훈련은 정말 어렵고 힘들었으며, 자대에서도 맡은 업무의 특성상 다른 전우들과 동일한 휴식시간을 보장받지 못하는 사실에 많이 힘들어했습니다. 하지만 지금은 당시의 힘들었던 기억이 친구들과 술 한잔 기울이며 이야기 나눌 수 있는 기분 좋은 추억이 되었습니다.

제 군생활에서 제일 좋은 기억을 뽑으라고 한다면, 그것은 바로 좋은 인연을 만난 것입니다. 자대에 배치되어 PX 판매병으로 업무를 부여받고 나서 초임으로 발령받아 오신 관리관님을 만나게 되었습니다. 둘 다 처음이라 잘 모르니 같이 잘 배워 보자 하시던 모습이 아직도 떠오릅니다.

관리관님께서는 남들이 PX 판매병에게 군생활 편하게 한다고 부러움 섞인 비난을 할 때, 판매병 나름대로의 고충을 잘 이해해 주고 응원해 주셨습니다.

또한 조직 생활이 처음인 저에게 인생 선배로서 조언을 아끼지 않으셨고 항상 능동적으로 본연의 업무에 충실하셨습니다. 관리관으로서 장병들에게 최선의 복지를 제공하기 위해 끊임없이 고민하면서 전자레인지와 냉동고 등의 장비를 늘려 훈련과 일과로 지쳐 있는 장병들의 요구를 최대한 들어주려고 애쓰셨습니다.

중요해 보이지 않을 수도 있는 수백 가지 제품의 가격표를 일일이 다시 만들고 코팅하여 자르는 작업까지 관리관님과 함께 하면서 굳이 이럴 필요까지 있을까 생각도 했지만, 관리관님은 모든 일을 열심히 하셨습니다. 그러면서 하시던 말씀이 생각납니다. 전역하고 사회에 나가서도 일을 하면서 '돈을 쫓지 말고 돈이 너를 쫓도록 하라'고. 관리관님의 일에 대한 태도에서는 분명히 배울 점이 많았습니다.

그런 관리관님 옆에는 항상 함께 하던 것이 있었습니다. 바인더입니다. 관리관님께서는 자신이 해야 할 일이라든가 갑작스게 떠오른 아이디어를 바인더에 메모해 두는 습관을 갖고 계셨습니다. 기억하기 위해 메모하는 것이 아니라 잊지 않기 위해 메모하는 것이라고 하면서 말이죠. 평소 스케줄러 관리에 관심이 많던 저에게도 메모 습관을 갖게 해 주셨습니다. 판매병 일일업무 양식을 직접 개발하여 담당 판매병에게 사용해 보도록 하셨습니다. 관리관님께서도 별도의 관리관 바인더 양식을 개발하여 사용하셨죠.

저는 별 것 아닌 것 같은 메모를 통해 업무 효율성이 상당히 향상되는 것을 직접 경험하였습니다. '기록'이라는 것이 해야 할 일을 잊지 않고 보다 능동적으로 수행하도록 힘을 준 것이었죠. 그리고 관리관님께서는 효과를 보자 본부 관할지역 마트에 직접 개발한 양식을 사비로 제작해서 무료로 나누어 주고 다른 관리관님들께 바인더 사용법까지 강연을 하셨습니다. 관리관님께서는 자신이 옳다고 생각하는 일은 거침없이 밀어붙였고, 더 나아가 국군 장병 모두를 위한 바인더 양식을 개발하려고 노력하셨던 것으로 기억하고 있습니다.

관리관님께 일을 배우며 생긴 메모 습관이 지금의 저에게도 큰 힘을 주고 있습니다. 현재 고시 공부에 전념하고 있는 저로서 자기관리와 자기통제가 어느 때보다 철저해야 함을 느끼고 있습니다. 그러한 점에서 바인더 기록은 시간관리뿐만 아니라 매일의 공부 계획을 세우고 스스로 피드백을 하도록 제 자신에게 동기부여를 해 주고 있습니다.

생각해 보면 군대에서 만난 좋은 인연 덕분에 과거보다 지금의 저로 한층 더 성장할 수 있었고, 세상을 바라보는 눈이 더 커질 수 있었습니다. 아낌없는 조언을 해 주시고 일의 모범을 보여 주셨으며 저를 잊지 않고 항상 먼저 연락해 주시는 관리관님께 진심으로 감사드립니다.

이 편지는 처음 관리관으로 보직을 받았을 때 만난 박광윤 병장이 쓴 것이다. 심성이 착하고 침착하여 무슨 일이든 맡기면 척척 해내는 모습이 매우 인상 깊었고 든든했다. 전역 후 회계사 시험을 준비하고 있다고 했는데, 결과는 아직 물어보지 않았다. 무슨 일을 하든 충분히 인정받고 성공할 수 있는 대단한 친구다. 여러분이 군대에서 어떤 보직을 맡게 되느냐는 것은 선택할 수 없는 문제다. 하지만 어떤 보직을 받더라도 '어떻게 프로답게 일할 것이냐'는 분명 스스로 선택할 수 있는 문제라고 생각한다.

지금 군대는
혁신중이에요!

단 한 명도 원치 않았던 입대

 "여러분 중에 자신이 원해서 입대한 사람은 조용히 눈만 떠 봐라."

손을 들거나 자리에서 일어설 경우 옆 사람이 바로 알 수 있기 때문에 조용히 눈만 뜨게 했다. 이것은 아이토킹(eye talking) 기법으로 비교적 수월하게 신상 파악을 할 수 있는 방법이다.

10초 정도 기다렸던 것 같다. 아무도 눈을 뜨지 않았다.

'설마, 이 정도일 줄이야?'

80여 명 포대 전체 인원이 모인 자리였다. 이등병, 일병같이 군에 온 지 얼마 되지 않은 병사들이야 기대도 안했지만, 평소 열심히 생활하는 상병, 병장 중 모범 병사들도 눈을 뜨지 않았다. 배신감 비슷한 게 올라왔다. 20초, 30초가 지나도 마찬가지였다. 실눈도 뜨지 않았다. 절대로 눈을 뜨면 안 되는 것인 양 미간까지 찌푸리면서 꼭 감고 있었다.

"됐다. 예상했던 것보다는 많구먼."

다들 아리송하다는 눈치였다. '설마 그럴 리가 없다'는 눈빛으로 서로 바라보던 병사들의 표정이 지금도 눈에 선하다. 그래도 몇 명쯤은 있지 않을까 예상했는데 보기 좋게 빗나가 버렸다. 아마도 질문이 잘못 되었던 것이리라. '지금의 생활에 만족하는 사람 눈 떠 보라' 했으면 혹시 한 명쯤은 나왔을 텐데.

아무도 원하지 않는 조직에서 리더십을 발휘하기란 결코 쉬운 일이 아니다. 더구나 복종과 충성이 법률로 명문화된 조직에서 진정한 충성을 이끌어 내는 것은 불가능에 가깝다. 하지만 반대로 생각해 보면, 그들에게 한 곳을 바라보게 할 수 있다면, 그들에게 충분한 동기부여를 할 수 있다면, 그들에게 진정한 충성을 이끌어 낼 수 있다면 이보다 큰 훈련과 기쁨은 없지 않을까 생각했다.

남자 나이 20대 초반이면 적은 나이도 아니지만 많지도 않다. 하고 싶은 건 많은데 남자라면 반드시 가야 하니까, 피할 방법이 없으니까 여기 온 것이다. 더군다나 사회에서도 '남자는 군대를 갔다 와야 한다'는 말이 암묵적으로 통용되니 군대를 안 갔다가는 감수해야하는 불이익도 무시하지 못한다. 예쁜 '꽃순이'까지 있을 경우 정말 최악 아닌가.

인생 전체를 놓고 보기에도 이건 정말 완벽한 매몰비용 같다. 여기서 매몰비용(sunk cost)이란 '투자를 했으나 돌려받지 못하는 비용, 예를 들어 광고비' 등이다. 내 인생에서 가장 황금 같은 시간을 투자했는데, 이걸 어떻게 돌려받는가 말이다. 분명 20대의 시간은 40대와는 그 가치가 다른데, 아무리 생각해 봐도 이걸 보상받을 길은 없어 보인다.

여기서 스티브 잡스의 스탠포드대학 연설문을 소개하겠다.

그 당시 리드 칼리지에는 아마 국내 최고의 서체학 강좌가 개설돼 있었습니다. (중략) 이런 걸 배워서 나중에 실제로 활용할 것이라고는 생각도 안했습니다. 그런데 10년 후 우리가 첫 번째 매킨토시 컴퓨터를 설계할 때 뜬금없이 그게 필요해졌습니다. 우리는 서체에 관해 배운 걸 맥 설계에 반영했습니다. 이렇게 해서 맥은 서체가 아름다운 최초의 컴퓨터가 됐습니다. 제가 대학에서 그 강좌를 듣지 않았다면 맥은 다양한 서체, 적절한 폰트 간격을 갖지 못했을 것입니다. (중략) 다시 말씀드리자면 여러분은 앞을 내다보고 점을 연결할 수는 없습니다. 나중에 회고하면서 연결할 수 있을 뿐이죠. 그렇기 때문에 여러분은 각각의 점이 미래에 어떻게든 연결될 거라고 믿어야 합니다. 여러분은 뭔가를 믿어야 합니다. 여러분의 소화기관이든 운명이든 인생이든 업보든 뭐든지 믿어야 합니다. 저는 이런 생각을 버린 적이 없었고 그게 제 인생을 바꿔 놓았습니다.

이 연설문에서 스티브 잡스가 하고자 한 말은 '여러분은 앞을 내다보고 점을 연결할 수는 없다'는 거라고 생각한다. 지금 여러분이 군대에서 하는 일들이 '도대체 앞으로 무슨 소용이 있느냐'는 의문은 너무나 당연한 것이다. 그에 대해 스티브 잡스는 '답이 없다'고 분명히 말하며 '믿으라'고 강조한다. 나는 지금도 그의 말이 뼛속까지 다가온다.

단언컨대 여러분도 지금 군생활뿐 아니라 전역하여 사회생활을 하면서도 '지금 내가 왜 이걸 하고 있지?'라는 질문을 끊임없이 할 것이다. 군대 가면 검정색 망토를 걸치고 기관총 하나 둘러메고 산을 뛰어다니며 총을 쏘아댈지 알았다. 미확인 지뢰지대의 무성한 풀들을 왼쪽 가슴에 고이 넣어 둔 머리빗으로 빗겨가며 걸어 다닐 줄 알았다. 내 전용 지프는 전격 제트작전의 '키트'처럼 부르면 막 달려올지 알았다. 예비역 형들이 그렇게 말했다. 진짜라고.

군대에 다녀오거나 지금 군에 있는 분들은 잘 알 것이다. 후배들에게 그런 말은 하지 마시길. 가까운 미래에 너도나도 군대에 가겠다는 문화가 생겨나길 바란다. 경쟁이 너무 치열해서 입시를 봐야 할 정도가 되었으면 좋겠다. 강한 우리나라를 만들겠다는 사명감으로 똘똘 뭉친 젊은이들이 허드렛일까지 귀하게 여기며 뛰어다니는 그날은 반드시 올 것이라 생각한다. 물론 지금도 군대 지원율이 굉장히 높다고 한다. 그런데 특정기간에만 몰리는 것을 보면 분명 학교 복학 기간과 관련이 있어 씁쓸하긴 하다.

뜬구름 잡는 소리인가? 나도 '뜬구름'이라는 말에 공감한다. 그래서 '뜬구름'이 아닌 실제로 도움이 되는 사례가 무엇일까 찾는 중이다. 그리고 지금까지 찾은 것들은 이 책에 소개할 텐데, 그것이 나의 사례에 한정된다는 것이 안타깝다.

2005년 어느 날 운전을 하면서 문득 '운전과 인생의 공통점'이라는 주제가 떠올라서 쓴 일기가 있다. '운전'이라는 하찮은 일도 얼마든지 의미 부여가 가능하다는 것이 신기했다. 군생활을 이미 했거나 지금 하고 있거나 앞으로 할 분들까지 포함해서 '군생활'에 대한 자신만의 의미를 재정립하는 것이 중요하다.

2005. 8. 31. 21 : 58

운전은 철학이다

운전과 인생은 공통점이 참 많다.

이제부터 나의 운전론에 대하여 말해 보겠다.

1. 운전은 일어날 수 있는 모든 일에 대해 대비해야 한다.

인생도 마찬가지다. 어떤 일을 추진하면서 한 가지 원칙으로 묵묵하게 하는 것도 중요하지만 변화무쌍한 상황에 신속하게 대처할 수 있어야 한다. 그래야 의연해질 수 있다. 내가 계획했던 길이 틀리다면 신속히 유턴할 줄도 알아야 하고, 좌회전해야 하는데 우회전을 했다면 당황하지 말고 차를 돌릴 수 있는 곳을 찾으면 된다.

여기서 당황한다면 오히려 일을 그르치게 된다. 의연히 대처할 수 있으려면 그에 대한 생각을 미리 해 두어야 하며 계획과 틀릴 수도 있다는 것을 항상 기억해야 한다. 교차로를 지날 때 좌우를 살피는 것은 기본이듯 최대한 모든 경우의 수를 산정하는 것이 운전자가 해야 할 일이다.

2. 순간적인 판단이 평생을 좌우한다.

0.001초의 판단이 대형 사고를 막을 수도 부를 수도 있다는 것을 명심해야 한다.

3. 운전은 철저히 이기적이다.

내 목숨이 우선이며 내 차량의 안전이 우선이다. 전혀 상관 없는 다른 차량을 살리기 위해 죽는 사람을 본 적도 들은 적도 없다. 단위가 개인이든 혹은 가족이든 인생도 결국 이기적인 성향이 매우 강하다는 것을 알 것이다.

4. 어떤 상황이 발생하더라도 침착함을 잃어버리면 안 된다.

설사 중앙선을 넘는 경우가 생기더라도 운전자는 끝까지 당황해선 안 된다. 차 안에 가족이 있다면 내가 잡고 있는 이 핸들에 운명이 달려 있는 것이다. 설사 내가 죽는 한이 생기더라도 침착함을 잃어선 안 된다. 그래야 내 가족을 살릴 수 있다. 인생을 살면서 과연 중앙선을 넘는 일이 안 생기리라는 법이 있을까? 더군다나 나의 판단으로 인해 아내와 자식들의 운명이 결정된다면 당황할 겨를이 있겠는가? 싸움을 가장 잘하는 사람은 끝까지 흥분하지 않는 사람이다.

누구나 인생의 계획이 있을 것이다. 그 계획에서 조금 벗어났다고 해서 어찌 할 줄 모르며 당황하는 사람을 본 적이 있고, 반면에 머리가 터져 죽어가는 부하를 보면서도 끝까지 침착함을 잃지 않고 괜찮다며 어루만져 주는 선배도 보았다. 결국 당황하는 사람은 더욱더 중요한 것을 잃는 것을 보았고, 침착한 선배는 마지막 순간까지도 부하에게 사랑을 심어 주는 것을 똑똑히 보았다. 그릇의 차이로 한 사람은 이성을 잃었고, 한 사람은 사랑을 주었다. 남자는, 아니 리더는 앞을 볼 줄 알아야 한다. 모든 경우의 수에 대비할 줄 알아야 하며, 어떤 순간에도 당황해서는 곤란하다. 그래야 내 가족이, 내 부하가 편해질 수 있으며 승리로 이끌 수 있는 것이다. 이순신 장군처럼.

전포대장 시절 포대 오포반 병사들이다. 10년도 넘은 오래된 사진이다. 내 옆에 근엄한 표정으로 서 있는 고영진 병장은 내가 노량진에서 기술사 공부하던 시절 우연히 다시 만났다. 노량진에서 공부하는 같은 백수 신분으로 말이다. 군에서 생사고락을 같이 했는데 노량진에서도 그럴지는 꿈에도 생각지 못했다. 병력을 지휘하던 전포대장이 좀 더 멋진 모습으로 변해 있었어야 하는데 그렇지 못해서 창피했다. 하지만 그 창피함도 전우를 만난 기쁨 앞에서 눈 녹듯 사라졌다. 사람은 언제 어떻게 다시 만나게 될지 아무도 모른다. 그래서 인생이 재미있다는 생각이 든다.

관리자를 죽여라

나에게 사이다 같은 시원함을 안겨 준 《관리자를 죽여라》 (하우석)는 책은 부정적 이미지의 '관리자'와 긍정적 이미지의 '기획자'의 대비를 통해 자기 주장을 펼쳐놓았다.

"관리자는 결국 멸종하고 말 것이다."(세계미래학회)
"젊은 리더가 이끄는 젊은 조직으로 바꾸겠다."(이건희 삼성전자 회장)

사회에 나와서 이력서에 내세울 수 있는 단어는 '관리자' 뿐이었다. 특별히 기술이 있는 것도 아니고, 학벌이 좋은 것도, 외국어를 잘 하는 것도 아니었다. 20대를 보낸 군에서 배운 것은 '관리자'로서의 역량 훈련이었다. 그것이 다인 줄 알았다. 그런데 맹점이 있었다. 관리자로서의 내 경력은 차별화할 수 없는 것이었다. 다시 말하면 누구나 그 자리에 앉혀 놓으면 다 할 수 있다는 말이다.

지금 하고 있는 PX 관리관도 마찬가지다. 내 돈 들여 매장을 낸 것이 아니라 이미 있는 매장을 관리하는 일이다. 그러다보니 마트를 운영해 본 경험도 재물조사를 기가 막히게 하는 비결이 있는 것도 아니고, 물건을 진열하는 엄청난 비법을 가지고 있는 것도 아니다. 중간에서 책임지고 관리하는 역할이 다다.

결국 관리직의 함정은 '전문성'이 약하다는 점이다. 그렇기 때문에 사회에서 고소득을 보장하며 나를 고용하길 희망하는 곳이 없는 것이 당연했다. 통상적으로 관리자는 하부조직과 상부조직의 중간에 끼어 있기 때문에 능동적이기보다는 수동적이 되어야 하고 상대의 실수를 탓하는 데는 선수다. 그래야 내가 살 수 있기 때문이다. 대신 스스로에 대한 쇄신은 약하겠지? 튀면 안 된다. 튀었다가 잘 돼도 일이 몰려올 것이며, 잘못되면 굳이 말하지 않아도 지옥이다. 딱 중간만 하는 것이 최고의 미덕이다.

하우석 작가는 '기획자'와 비교하여 '관리자'를 비판했지만, '기획자'는 '스스로 부와 기회를 만들어내는 사람'이라고 정의하였기에 군대와 비교하면 맞지 않는다. 왜냐하면 군대는 '이윤 추구'를 목적으로 하는 조직은 아니기 때문이다. 대신 '기획자'라는 단어를 '리더'로 변경하면 대부분 맞아들어가는 신기한 경험을 했는데, 이 책의 차례를 예로 들어 보겠다.

관리자는 VIP석에 앉고 기획자는 간이의자에 앉는다.
관리자는 수습하고 기획자는 예측한다.
관리자는 방패같이 답하고 기획자는 창같이 질문한다.

관리자는 부하를 탓하고 기획자는 자신을 쇄신한다.

관리자는 튀는 것을 좋아하고, 기획자는 차별화를 좋아한다.

관리자는 소통하고 기획자는 공감한다.

여기서 '기획자'를 '리더'로 바꿔 보라. 공감되지 않는가? 이런 맥락으로 볼 때 분명 이윤을 추구하는 기업가의 정신과 이윤 추구를 하지 않는 군인의 정신이 어느 정도 통하는 부분이 있다고 추측해 볼 수 있다. 즉 군대생활이 사회생활과 전혀 별개라는 생각은 말도 안 되는 것이다.

병사들은 '분대장'이라는 직책을 맡았을 때 비로소 '중간관리자'의 역할에 대해 깨닫는 경우가 많다. 간부들도 소대장, 중대장 등의 병력에 대한 책임을 지는 직책을 맡게 되면 더욱 많이 깨닫게 되는데, 그만큼 병력 앞에서의 모범적인 행동이 중요해지는 것이다.

아무 생각 없어도 용서가 되는 이등병 시절이 분대원을 관리해야 하는 분대장의 입장보다 훨씬 쉽다. 그렇기에 관리자가 무조건 나쁘다는 것은 아니다. 분명 관리자도 필요한 시절이 있었다. 과거처럼 대량생산에 의한 산업화를 통해 사회가 커갈 때, 개개인의 의견보다는 통합적인 의견을 통해 단합을 필요로 할 때가 있었다. 그런데 시대가 변했다. 완전히 달라지고 있다. 이런 상황에서 '관리자'로서의 역량을 키우는 데만 집중해서는 곤란하다.

물론 군대가 개개인의 모든 의견을 다 들어줄 수는 없다. 적들이 코앞에 몰려왔는데 전포대장이 포반을 돌아다니며 "하나 포 쏠 건가 안 쏠 건가? 둘 포는? 삼 포는? 참, 지난번 삼 포 포수가 큰 소리가 나면 귀가 아프다고 했지? 그럼 삼 포는 쏘지 마!" 이래야 하는가?

아니다. 전포대장은 한마디만 하면 된다. "쏴!"

'리더'가 되어야 한다. 진정한 '리더'가 무엇인지 군생활을 하면서 깊이 고민해야 한다. 나의 일기장을 보면 '리더'에 대한 고민이 눈에 많이 띈다. 주변에 리더다운 모범을 보이는 사람이 없다고? 그럼 핑계대지 말고 책을 보라. 어떤 리더들이 어떤 말을 했는지.

나의 바람은 지금 이 책을 읽고 있는 여러분이 진정한 '리더'가 되었으면 하는 것이다. 과연 '리더'라는 게 무엇인지, 나는 할 수 있는 건지, 내게 '리더'로서 부족한 것은 없는지, 남 탓하지 말고 내 탓만 하면서 생각하길 바란다. 아마 그것이 여러분의 군생활에 유일한, 그리고 가장 큰 소득일지도 모른다.

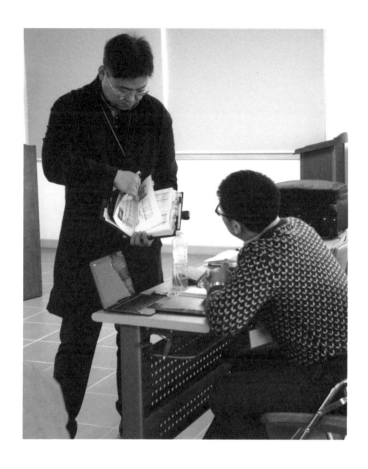

진정한 리더란 무엇일까? 현역 군인 시절부터 계속 고민했던 문제다. 그것은 인생에서 가장 중요하고 가치 있는 고민이라고 생각한다. 그래서 나는 그동안 고민했던 모든 기록과 노하우를 모아 초급간부들을 대상으로 한 '대한민국 핵심리더' 과정을 만들었다. 간부와 병사를 떠나 모든 군인은 리더의 자질을 고민하고 철저히 훈련해야 한다.

2005. 4. 21. 21 : 09

내가 군에 온 것이 2001년 4월 4일이니까 이제 만 4년이 지났다. 벌써 5년차인데, 군에 있으면서 끊임없이 고민해 온 문제는 '진정한 리더의 자질은 무엇일까' 였다. 이제 조금씩 답이 보이기 시작하는 것 같다. 보스가 아닌 리더가 되기 위해서는 몇 가지 필요한 자질이 있는데, 나는 크게 세 가지로 생각한다.

1. '언행일치'라는 네 글자 속에 모든 것이 들어가 있다. 우선 언행일치를 하려면 말수가 많으면 안 되고 거짓말도 못한다. '~척'도 못한다. 쓸데없는 말을 안 하니 자연히 카리스마가 생기며 필요할 때 필요한 말을 할 줄 알게 된다. 언행일치가 되면 자연히 사람들이 믿게 되고 따르게 된다.

2. 잘못을 인정하는 용기가 필요하다. 완벽하게 언행일치를 하기란 거의 불가능하다. 살다보면 약속을 지키지 못할 경우도 생기고, 단체를 이끌다 보면 대를 위해 소를 희생할 일도 생긴다. 이런 경우 대부분 둘러대거나 시치미를 떼고 책임을 지지 않으며 잘못을 인정하지 않는다. 이런 사람을 따르기는 어렵다.
정말 멋진 리더라면 자신의 잘못을 솔직히 인정할 줄 알아야 한다. 그리고 용서를 구하고 다시 시작할 수 있어야 한다. 이건 용기다. 자칫 조직이 와해되는 그런 상황이 올 수도 있지만 솔직히 인정하고 용서를 구하는 리더에게 손가락질을 할 사람은 많지 않다. 가장 중요한 건 언행일치다. 하지만 언행이 불일치되었을 때 솔직히 인정하며 용서를 구하는 모습은 그에 버금가는 가치가 있다.

3. 안티를 두려워하지 마라. 아무리 훌륭한 리더라도 조직에서 100% 인정받는다는 것은 불가능하다. 당대 최고의 대통령이라고 인정받은 '링컨'도 암살당했고 '케네디' 또한 암살당했다. '간디'도 마찬가지다. 훌륭한 리더란 안티가 없는 것이 아니라 안티를 최소화시키고 그들을 이해시키려고 노력하며 그들을 안고 가는 사람이다. 그렇다고 일부 안티들 때문에 신경을 쓰다보면 지지자들을 잃을 수도 있으니 조심해야 한다. 또한 안티를 두려워하지 않는다고 독선적이 되어서도 안 되며 항상 귀를 열고 들을 줄 알아야 한다.
가끔 어떤 지휘관들은 이런 주문을 한다. "부하들에게 100% 인정받는 간부가 되라." 나는 그런 분들에게 되묻고 싶다. "그럼 지금 당신은 제가 100% 인정하고 있다고 생각하십니까?"

이 세 가지 사항은 내가 군에서 겪으며 세운 원칙이다. 이 세 가지에 모든 것이 다 함축되어 있으며 난 항상 병사들에게 분대장을 달기 직전 이 이야기를 해 준다. "분대장으로서 언행일치를 할 수 있도록 하고, 잘못했을 때 분대원 앞에서 솔직히 인정할 줄 알아야 하며, 100% 잘한다 소리 들으려 하지 마라." 삼성 이건희 회장이 "훌륭한 인재 한 사람이 십만 명을 먹여 살릴 수 있다"고 말했다. 그럼 난 이렇게 주장해 보고 싶다. 훌륭한 리더 한 사람이 천만 명을 먹여 살릴 수 있다고.

명문대학? 명문군대!

나는 앞에서 많은 젊은이들이 군대에 가고 싶어 경쟁률이 대학입시를 방불케 했으면 좋겠다고 했다. 물론 지금도 해병대, 특전사, 카투사 등 일부 특화된 부대들은 그렇긴 하지만, 대부분 '의무' 입대하는 경우가 많다.

그런데 실제로 그런 나라가 있다. 이스라엘이다. 이 나라는 남녀 모두 의무복무제도를 채택하고 있으며, 'IS가 가장 무서워하는 군대'로 정평이 날 정도로 정예화되어 있다.(기독일보 2015. 12. 30) 그들은 자칫 위계질서가 없어 보일 정도로 각자의 주장이 강하며 의견을 하나로 통합하는 데는 다소 시간이 걸리나, 그 단계만 넘어서면 목숨을 아까워하지 않을 정도로 무서운 전투력을 발휘한다. 특히 반게릴라전에 능하기 때문에 IS가 그토록 무서워한다고 한다.

다른 나라 학생들이 어느 대학에 갈지 고민하는 동안 이스라엘 학생들은 서로 다른 군사 유닛(부대)들 간의 장점을 비교한다. 그리고 다른 곳의 학생들이 가장 우수한 학교에 들어가기 위해 무엇을 해야 하는지를 생각할 때 많은 이스라엘 학생들은 IDF(이스라엘 방위군)의 엘리트 유닛에 들어가기 위한 준비를 한다.(창업국가, 댄 새노르 외)

단순히 전투력을 떠나서도 이스라엘은 '창업국가(Srart up Nation)'로도 유명하다. 젊은이들이 세계 곳곳에서 창업을 활발하게 하는 대표적인 나라라는 것, 정말 부러운 것은 그들이 공통적으로 주장하는 성공의 원인은 다름 아닌 '군대생활'이라는 것이다.

물론 이스라엘과 우리나라는 문화 자체가 매우 다르기 때문에 단순비교는 무리가 있다. 상급자라고 해서 무조건적인 예우를 하지 않는 그들의 문화를 우리에게 적용하기는 어렵다. 중요한 것은 우리도 얼마든지 '군대생활을 자랑스러워할 방법들이 많이 있을 텐데' 하는 점이다.

이스라엘에서는 한 사람의 군사적 경력이 학문적인 경력보다 더 중요하다. 모든 취업 인터뷰에서 지원자들에게 하는 질문이 바로 어느 부대에서 복무하느냐 하는 것이다.(창업국가, 길 크레브스 인터뷰에서)

어쩌면 이렇게 부러운 말만 골라서 하는지. 바꿔서 여러분에게 한번 묻고 싶다. 만일 당신이 우리나라 굴지의 대기업에 입사지원을 했다고 치자. 면접 자리에서, "당신은 어느 부대에서 근무했습니까?"라고 물어본다면 어떻겠는가? 더 나아가 "당신의 부대에서 했던 가장 기억에 남는 성공 경험은 무엇입니까?"라고 묻는다면, 지금의 생활에 대한 마음가짐이 달라지지 않겠는가? 여러분의 답변의 진위를 면접관이 확인까지 할 수 있다면.

이스라엘군이 정말 부러운 것은 그들은 군대 가서 '자격증'을 따지 않는다는 것이다. 군대 가서 '외국어 시험' 점수를 잘 받으려고 하지 않는다는 점이다. 실제 전투현장에서 자신의 전공과 연관성을 찾고, 과거 선배들이 남긴 기록들을 살펴보며 발전시킬 사항들을 찾는다는 것이다.

군대에서 배운 습성이 사회에서도 그대로 존중받고 이어지는 분위기, 그것을 높이 쳐주는 분위기, 그동안 군대에서 수고한 것을 인정하는 분위기가 부럽다. 부러우면 지는 건데, 깨끗하게 졌다.

우리나라는 단순히 군대생활을 했다고 해서 무슨 시험에 가산점을 준다든지, 어떤 형식으로든 혜택을 주면 즉각 반발에 부딪힌다. 그건 당연하다. 옆에서 보기에도 군대생활 대충대충 하는 것 같은데, 나도 군대생활 대충대충 했는데, 뻔히 아는데 그런 혜택을 준다는 것은 말도 안 된다. 그래서 근본적인 문제는 군대생활에 대한 패러다임이 바뀌어야 한다는 것이다. 정말 어려운 문제지만 반드시 해내야 하는 일이다.

나의 주장이 정답은 아니다. 다만 전역한 지 10년이 지난 이 시점에서 다시 돌아보니 무언가 변화가 있어야겠다는 것은 분명히 인지했다. 지금 우리 병사들도, 간부들도 과거와는 많이 다르다. 더 똑똑해졌고 더 합리적이다. 그런데 2%가 부족한 느낌이다. 이기적이진 않지만 개인적인 것 같고, 약하지는 않지만 강하지도 않은 느낌이다.

얼마 전 인터넷에서 '高大 졸업장이 미래 보장해 주는 시대 지났다'(한경JOB, 2016. 10. 8)는 기사를 읽은 적이 있다. 결론은 스펙이 인생을 보장해 주는 시대는 갔다는 말이다. 군대를 무슨 자격증이나 준비하려고, 외국어나 공부하려고 가지 말라는 것이다. 가 본 사람은 알 것이다.

어떤 사람은 공부도 안 되고 취업도 안 되니 군대나 가려고 한다고 한다. 가 보라, 어떤지. 또 어떤 사람들은 '모병제'가 답이라고 한다. 물론 모병제로 모든 문제가 해결될 수 있다면 좋겠다. 그런데 이스라엘을 보면 딱히 모병제만이 답은 아닌 것 같다. 전 세계에서 18개월 이상 의무복무제도를 시행하는 나라는 30여 개국이다. 대부분 개발도상국이나 비민주주의 국가들인데, 앞서가는 나라 중에는 세 나라, 바로 한국, 이스라엘, 싱가포르다.

명문대학 이상의 힘이 있는 명문군대를 만들기 위해서 무엇을 어떻게 해야 하는지 고민해야 한다. 사방이 적으로 둘러싸인 지리적 여건은 둘째 치더라도, 군대가 약하면 나라도 약하다. 군대의 존재 목적이 전쟁을 하기 위함보다는 전쟁을 억제하는 데 큰 역할이 있기에 더욱더 강해져야 한다.

성공 스토리를 쓰는 군대

스티브 잡스의 스탠포드대학 연설문을 소개하면서 군대생활에 대한 가치를 재정립하자고 했다. 단순히 관리자가 되지 말고 리더가 되기 위해 열심히 고민하자고 했다. 명문대학 이상의 입대 경쟁률이 있는 군대를 만들어 보자고 했다. 여기까지 주장하는 데 10년이 걸렸다. 그런데 조금 막연하지 않은가. 그래서 좀 더 구체적으로 들어가 보고자 한다.

명문대학 같은 명문군대를 만들자고 한 것은 여러분의 공감을 이끌어 내기 위한 비유였다. 오해하지 마시기 바란다. 그것은 군대가 학교 같아서는 안 된다는 점이다. 군대는 학교가 아니다. 비록 내가 원해서 온 곳은 아니지만, 엄연히 전투임무를 수행하는 조직이며, 학교가 아니라 회사에 가깝다. 남자 나이 스무 살 넘어서 아직도 '엄카'(엄마카드)에 의존하는 것은 부끄러운 일이다. 적은 봉급이지만 그 범위 내에서 쓰는 연습도 해 보고 저축도 해야 한다. 그중에는 부모님께 선물을 사다드리는 사람도 있다는 사실을 기억해야 한다. 그리고 조금만 힘들어도 견디지 못한다. 생활하면서 일어나는 각종 마찰과 갈등도 지혜롭게 풀어나갈 생각은 하지 않고 '엄마'한테 일러바치는 믿어지지 않는 일도 벌어진다.

얼마 전 흥미로운 기사를 봤다. 제목을 보면 금방 이해가 될 정도로 요즘 군대에 대한 엄마들의 치맛바람을 잘 묘사했다. '중대장님 우리 아들 삽질 그만 시키세요.'(조선일보 2016. 4. 25) 엄마뿐만 아니라 아빠들도 난리란다. 단톡방에 사진을 올려 달라, SNS에 올려 달라, 행군까지 따라와 간식을 돌리는 부모도 있다고 한다.

부모의 품을 처음 떠난 아들에 대한 '애착'을 비판할 생각은 없다. 나도 아이를 낳아 보니 그 마음 충분히 알 것 같다. 하지만 군대까지 내 아들에 맞추려 하는 건 곤란하다. 일선 현장에서는 무슨 훈련을 하든, 설사 실제 상황이 벌어진다고 해도 '안전'에 최우선을 두고 움직인다. 부모의 욕심이 다른 병사들의 '사기'에까지 영향을 미쳐서는 안 된다.

그럼 군에 입대한 우리 청년들은 무엇을 해야 하는가? 무엇을 어떻게 해야 명문군대를 후배들에게 물려줄 수 있는가? 지금 당장 할 수 있는 실현 가능한 일은 무엇인가?

첫째, 자기 보직에 대한 전문가가 되어야 한다. 자기가 아니면 누구도 할 수 없는 전문가가 되어 후임자에게 물려줄 수 있는 매뉴얼을 만들어야 한다. '암묵지' 속에 묻혀 있는 노하우를 '형식지'로 끌어내야 한다. 자기 보직을 하찮게 여겨서는 안 된다. 미국의 경영평

론가 '톰 피터스'가 꼽은 지식근로자 중에 '버지니아 아주엘라'라는 사람이 있다. 그는 교수도 박사도 아닌 호텔청소부였다.

둘째, '스토리'를 만들라는 것이다. '스펙'이 더 이상 여러분의 인생을 보장해 줄 수 없다는 것은 예전부터 있었던 말이다. 하지만 스펙을 쌓는 것 외에 다른 방법을 몰랐기에, 여기저기서 들려오는 경고음에 귀를 닫고 싶었던 것은 아닌지 자문해 봐야 한다. 여기에 대한 답을《스토리가 스펙을 이긴다》(김정태)라는 책에서 찾아보자.

한 인사 관계자는 '스펙대로 일할 수 있는 사람이 있다면 무조건 뽑는다'라고 큰소리친다. 그런 사람을 수년 동안 찾아봐도 찾아볼 수 없었다는 그는 '스펙은 그저 스펙일뿐'이라고 잘라 말한다.

맞다. 스펙은 스펙일 뿐이다. 그래서 나만이 만들어 낼 수 있는 스토리를 많이 만들어야 한다. 그래야 경쟁력이 생긴다. "이제는 시대가 바뀌었다. 지식과 정보를 가진 사람이 부자가 되고 작가가 되는 그런 지식정보사회가 아니다. 이제는 감성과 예술을 가진 사람이 부자가 되고 작가가 되는 감성과 창조사회다."(인생을 바꾸는 기적의 글쓰기, 김병완)

여러분이 성공 스토리를 쓸 수 있는 첫 번째 장소는 군대가 될 확률이 높다. 물론 이미 성공 스토리를 쓰고 있을지도 모른다. 그렇지 않다면 이제부터라도 쓰면 된다. 자기 보직에서 최고가 되어 보는 경험, 그것을 전달해 줄 수 있는 능력을 갖추고 재미있는 스토리까지 만든다면 인사담당자 채용 1순위가 되는 건 시간문제 아닐까. 국방도 튼튼해지고 취업도 잘 된다면 일석이조인 셈이다. 세계 명문대학들에 입학하기 위한 결정적인 열쇠는 '에세이'다. 결국 그들도 '스토리'를 요구하는 것이다.

간혹 군대 자체를 스펙으로 삼고 오는 경우도 있다. 대한민국 사회에서는 군대를 갔다 와야 대우받을 수 있다고 판단한 것 같다. 특히 해외 유학파의 경우가 더 그렇다. 유학 가서 공부를 하긴 했는데 그 나라에서 취업해 살자니 좀 망설여지고, 한국에 들어오자니 군대 문제가 걸리는 것이다. 이해는 된다. 그런데 단순히 스펙 때문에 군대에 오려고 한다면 말리고 싶다. 그런 정신으로는 적응하기 힘들다. 해외에 살면서 사고방식도 그 나라에 길들여져 있다면 훨씬 더할 것이다. 정말 대한민국 국민으로서 의무를 다하겠다는 사명감을 갖고 오길 바란다. 거짓말은 전우들이 금방 알아본다.

자기 일에 전문가가 되고, 나만의 스토리를 만들라는 두 제안은 내가 데리고 있던 판매병들에게 그대로 가르친 내용이다. 전우들의 복지를 위해 최고의 전문가가 되라. 그리고 나만의 스토리를 만들어라. 이미 전역한 그들이 사회에서 각자의 역할을 잘 감당하고 있다는 연락을 받는 것만큼 즐거운 일은 없다.

총알이 빗발치는 전장에서 병력을 어르고 달래며 임무를 수행할 수는 없다. 지휘관의 의도에 따라 일사분란하게 움직여야 하며, 하달된 명령에 대해 반드시 임무를 완수해야 하는 것이 군인이다. 아직 엄마 품에서 벗어나지 못한 나약한 남자를 의지하며 살 수는 없는 것. 여자들은 강하고 부드러운 남자에 끌린다는 사실을 기억하라. 부드럽기만 해서는 절대 매력적일 수가 없다.

이스라엘보다 위험한 나라

"홍 대위님은 우리나라에서 전쟁이 날 거라고 생각하나요?"
내 귀를 의심했지만 1초의 망설임도 없이 대답했다.

"예, 그래서 우리가 있는 것 아닙니까?"

"에이, 아직 젊기는 젊으시네요. 우리나라에서 전쟁은 나지 않아요."

현역으로 복무하던 시절 같은 부대에 있는 사람과 나눈 대화다. 황당했다. 전쟁이 나지 않을 이 나라에서 사는 죄로 여기에 와서 열심히 복무하는 사람들은 도대체 뭔가? 하긴 그동안 북한이 저지른 도발사건이 전쟁으로까지 확전되지는 않았으니 그렇게 말할 수도 있겠다.

하지만 그 확전을 막기 위해 얼마나 많은 사람들이 노력하고 있는가. 군인이라는 사람이 저런 사고방식을 가지고 있다는 것이 당시 내게는 도저히 용납되지 않는 부분이었다. 진짜 너무 젊었었나?

우리나라는 분명 '휴전'국가다. 전쟁을 쉬고 있다는 말이다. 즉 오늘 당장 전쟁이 나더라도 이상할 게 없는 나라다. 신기한 건 북한에서 무슨 도발을 한다든지 하는 비상사태가 발생하면 해외에서 더 난리라는 거다. 당장이라도 전쟁이 날 것처럼 걱정한다. 어쩌면 '휴전'국가라는 사실을 우리나라보다 해외에서 더 정확히 알고 있는 듯하다.

물론 우리도 한때는 무슨 사태가 발생하면 마트에 생수와 라면이 거덜날 정도로 요란법석일 때도 있었다. 내가 어렸을 때도 어머니가 크게 걱정하며 이것저것 준비하시던 기억이 난다. 잊을 만하면 반복되어서 그런 건지, 엄청난 자신감이 있어서 그런지 몰라도 요즘엔 거의 그러지 않는다.

우리나라는 정말 위험한 나라다. 바로 앞에 핵개발에만 광분하고 있는 북한이 떡 버티고 있다. 핵개발만 한다고 해서 재래식 무기가 약하냐? 그것도 아니다. 아직도 상당부분 북한이 우리를 압도한다. 또한 주변에 중국, 러시아, 일본 같은 세계에서 손꼽는 강대국이 즐비하다. 내가 정말 위험하게 보는 것은 '정신상태'다. 군인이 우리나라에서는 전쟁이 나지 않을 거라는 생각을 품고 있는 나라가 위험한 나라 아닌가?

그래도 대다수의 장병들은 언제 일어날지 모를 북의 도발에 대비해 항상 전쟁을 준비하고 있다고 생각한다. 군인은 사명감이 있어야 한다. 군인뿐만 아니라 의사, 변호사, CEO, 그리고 내가 경험한 군납 트럭기사도 사명감이 있어야 한다. 사명감이 있는 것과 없는 것의 차이는 말할 필요도 없다. 의사가 환자를 고쳐내는 것보다 재테

크에 관심이 많으면 환자는 금방 알아차린다. 하다못해 군납 트럭기사도 자신의 물품을 납품하는 것이 장병들의 복지를 위함이라는 사명감이 있으면 병사들이 금방 알아본다. 하물며 군인이 월급, 수당, 연금수령액에만 관심이 있다면 어떻겠는가.

너무 이상적인 말이라고? 맞다. 특히 직업군인인 경우 생계에 대한 것에 무관심할 수는 없다. 문제는 국가를 지켜야 한다는 본연의 임무보다 '직장인' 마인드로 똘똘 뭉쳐서 아무것도 하지 않으려는 데 있다. 눈곱만큼도 손해 보지 않으려는 자세, 절대 힘든 일은 하지 않으려는 자세, 보직과 진급에만 관심 있고 부대 운영엔 전혀 무관심한 자세가 문제라는 말이다. 어떻게 보면 병사가 문제 있는 건 크게 문제되지 않는다. 그러나 간부가 직장인 마인드로 뭉쳐 있을 경우 폐해가 심상찮다.

나는 한 번도 장기지원을 한 적이 없다. 군대생활이 싫어서가 아니었다. 재미도 있었고, 보람도 있었다. 다만 결정적인 이유가 있었는데, 사랑하는 사람을 원하는 시간에 원하는 장소에서 볼 수 없는 직업이라고 생각했기 때문이다. 내가 정말 사랑하는 외할머니가 쓰러지셨다는 소식을 듣고 찾아뵈었을 때는 이미 유골함에 들어가신 뒤였다. 그 일이 내게 큰 트라우마가 되었다. 두 번째는 사회에 나가서 돈을 벌고 싶었다. 그래서 지원하지 않았다. 물론 아직 돈을 못 벌고 있지만.

경제가 어렵고 사는 게 힘들어지자 군 간부 지원 경쟁률이 올라가고 있다고 한다. 다른 각도에서 보면 군대에 대한 인식이 과거와는 많이 달라진 것 같아 기쁘고, 유능한 인재들이 많이 입대하기를 바란다. 하지만 선배로서 꼭 한 가지는 짚어 주고 싶다.

군인은 사명감이 있어야 한다. '직장인'으로서의 군인은 절대 해서는 안 된다. '직장인' 마인드로 똘똘 뭉친 군인의 모습만큼 추한 것은 없다. 그런 정신으로 간부 지원을 할 거면 차라리 병사로 갔다 와서 하루라도 빨리 사회생활을 하는 게 낫다. 신기하게도 그런 사람은 병사들이 가장 먼저 알아본다. 병사들에게 군인으로서의 사명을 공유하고 앞으로 꿈을 이루기 위한 훈련을 시켜 줄 수 있는 능력을 겸비하려면 직장인 마인드로는 어림도 없다.

초등학교 방과 후 교사 시절에도 요즘엔 '스승'보다 '직장인'이 많다는 것을 느꼈다. 아이들을 가르치는 데 교육학 같은 전문지식이 매우 중요하지만, 그것이 스승의 사랑만 하겠는가?

떠나는 꽃순이에 대처하는
현명한 군인의 자세

"부관님께 보고드릴 사안이 있습니다."

표정이 자못 심각하다. 어쩐지 오늘 평소답지 않은 모습이었다. 일단 '일석점호' 후 행정실로 오라고 지시했다. 어떤 보고 사안인지 약간 걱정도 되었다. 제발 내가 예상하는 그 보고만은 아니었으면 좋겠다고 생각했다.

"얼마 전 여자 친구의 아버지가 큰 교통사고를 당하셨다고 전해들었습니다. 많이 힘들어하는 여자 친구가 점점 연락이 뜸해지더니, 어제부터 아예 전화를 받지 않습니다."

아, 예상했던 보고 사안이다. 심각한 얼굴로 면담을 요청하는 병사들 대다수는 '여자 친구' 문제가 가장 많다. 평균적으로 문제가 많이 발생하는 시기는 '일병' 말에서 '상병' 초중반. 그러니까 통상 1년 정도 지나면 분명히 어떤 신호를 보내 온다. 이 병사도 상병이었다.

"다른 걸 떠나서 너무 답답해 죽겠습니다. 당장 여자 친구를 만나서 옆에 있어 줘야 할 것 같고, 이러다 헤어지는 거 아닌가 싶기도 하고. 전화를 받지 않으니 현재로서는 방법이 없어서 부관님께 부탁드리고 싶었습니다. 저 휴가 좀 보내 주시면 안 되겠습니까?"

모범적인 병사다. 매사 적극적이고 활발해서 주변에 긍정의 힘을 과시하던 녀석이 저렇게 심각한 표정으로 '휴가 좀 보내 주면 안 되냐'고 부탁하니, 내 마음 역시 심하게 요동쳤다. 진심이라는 것을 직감적으로 알 수 있었다.

"알았다. 대신 한 가지만 이야기하자. 네가 말하는 그 사유가 거짓이라고 생각하지 않는다. 너를 전적으로 믿는다. 다만, 오늘 밤 고민해 보거라. 그 여자 친구랑 정말 결혼할 것 같은지. 너의 평생지기인지. 그 후 다시 보고해라. 그래도 내일 아침 네가 나가고 싶다고 보고한다면 무슨 수를 써서라도 휴가를 보내 주겠다. 계급장을 걸고 약속할게."

내 입장에서는 이런 심리상태에 있는 군인을 휴가 보내는 것 자체가 부담이다. 나가서 무슨 사고나 치는 것은 아닐지. 그게 아니라 하더라도 거짓말을 하고 다른 사유로 나가는 것인지 알 수 없기 때문이다. 하지만 나 또한 군대에서 한 맺힌 피눈물을 흘려 본 경험이 있어 그 입장 충분히 이해했다. 그래서 믿기로 결심했다.

누군가에게 길고 길었을 그날 밤이 흘러가고 이른 새벽이 되자 녀석이 다시 보고하러 왔다. 두 눈이 빨갛게 충혈되고 퉁퉁 부은 것으로 보아 밤새 눈물을 흘린 것이 확실했다.

"그래, 결심했나?"

2~3초 정도 망설이더니,

"예, 부관님. 저 그냥 안 나가겠습니다."

"괜찮겠나?"

"예."

"알았다. 잘 추슬러라. 정 힘들면 말해라. 소주 한잔 하자. 밤새 고생했다."

안타깝게도 군 복무중에는 '헤어지자'는 꽃순이에게 어떻게 할 방법이 없다. 사회에 있으면 만나서 이야기나 해 보자고 할 텐데. 군대에서는 그것조차 마음대로 되지 않는다. 그래서 군대에서 이별의 상황에 직면하게 되면 사회에서 느끼는 것보다 몇 배나 충격이 크다. 극단적인 생각까지 서슴지 않게 되는 이유가 바로 이것 때문이기도 하다. 그래서 나는 입대하는 병사들에게 반드시 '여자 친구'의 유무 여부를 확인했다. 없다고 하면 '잘했다' 하고, 있다고 하면 '멋지다' 하고 나서 유심히 살펴보곤 했다. 그만큼 치명적이기 때문이다.

'세상의 절반은 여자'라는 상투적인 말로 여러분을 위로할 생각은 없다. 대신 밤새 눈물을 흘린 그 녀석의 사례를 들려주고자 한다. 도움이 되었으면 좋겠다.

한동안 기운이 없어 보이던 녀석은 다행히 잘 추스르고 무사히 전역을 했다. 그리고 6개월 정도 지났을까?

"부관님! 접니다. 한번 만나뵙고 싶습니다."

오랜만에 만난 녀석은 얼굴이 완전히 달라져 있었다. 물론 그 옆에는 예쁜 여자 친구가 함께 있었다. 나는 잠깐 화장실 좀 다녀오겠다는 여자 친구의 뒷모습을 보며 넌지시 물었다.

"저 친구가 너를 그렇게 힘들게 했던 그 친구냐?"

빙그레 웃으며 바라보던 녀석은 여전히 억센 경상도 말투로 이렇게 대답했다.

"그 친구 아닙니다. 이젠 그 친구 기억도 나지 않습니다. 제가 왜 그렇게 힘들어했는지 이해할 수 없을 정도입니다. 그때 저를 믿어 주셨던 부관님께 감사한 마음뿐입니다."

따지고 보면 모든 연인은 언젠가 헤어지게 된다. 몇 개월과 몇 십 년의 차이만 있을 뿐. 하필 그 이별이 군대에 있을 때 다가오면 힘들 겠지만 의연히 대처하길 바란다. 여러분의 평생지기는 언제 어떻게 만나게 될지 정말 아무도 모른다. 군대 때문에 이렇게 됐다고 생각 하지 말고, 군대 때문에 진정한 사랑인지 아닌지 확인할 수 있었다고 생각했으면 좋겠다.

땡큐 레터 2. 판매병이 관리관에게 보내 온 편지

군대 입대할 때 저는 운전병으로 지원했습니다. 자대 배치 후 훈련중에 허리를 다쳐 보직을 변경할 수밖에 없었는데 PX병으로 변경한 후 저 자신이 몰랐던 장점을 발견했습니다. 풍부한 상상력과 PX를 어떻게 꾸며 가고 병사들에게는 힐링이 되어 주는 PX가 되고자 하는 상상력을 군대에서 발견했던 겁니다. 판매병을 위해 반입반출 노트를 만들고, 판매병들이 신입 부사수에게 쉽게 인수인계할 수 있도록 PX병 인수인계표를 만들었습니다.

그리고 월 마감서류를 정리하여 모든 판매병들이 수월하게 신입 부사수한테 인수인계해 주며 서로 열심히 하자는 뜻으로 만들었습니다. 그리고 병사들이 즐겨찾는 물품들은 쉽게 알아볼 수 있도록 수납공간을 만들어 병사들이 쉽게 물건을 찾아가는 시스템으로 했습니다.

전역한 뒤 보안업체에서 일을 하게 되었는데 군복무를 하면서 자신감과 창의력을 키워 보안업체에 많은 아이디어와 도움을 주었습니다.

고객의 자산과 안전을 지키는 일이라서 신중하며 어떤 CCTV와 경비보안시스템이 더 좋을지 아이디어를 제공하는 창의력이 생겨서 군대의 도움을 많이 느꼈습니다.

앞으로도 PX 판매병이 자신감 있게 행동하고 PX가 병사들에게 힐링이 되어 주는 곳으로 발전하길 기원합니다.

이 편지의 주인공도 내가 처음 관리관을 시작했을 때 만난 이기훈 병장이다. 내용이 다소 어설프지만, 나는 아직도 이 친구만큼 뜨거운 친구를 만나보지 못했고, 일 잘 하는 친구를 본 적이 없다.

그리고 이 친구는 절대 거짓말을 한 적이 없다. 정직했다. 돈 계산이 조금 서툴러 판매병으로서 약점이 있었지만 그것은 내가 조금 더 확인하면 되는 문제였다.

PX를 개혁하기 위한 여러 시도 중에서 순수하게 병사의 아이디어를 수정 없이 구현하게 만든 것도 이 친구다. '반납체크리스트'는 이 친구의 아이디어였다. 많이 배웠다고 해서, 좋은 대학을 나왔다고 해서 일을 잘 할 거라는 생각은 착각이다. 그것은 어디까지나 세상의 기준일 뿐이다. 생각해 보면 기업 입장에서도 참 난감할 것이다. 스펙을 무시하고 뽑고 싶긴 한데, 그 사람의 됨됨이를 어떻게 확인할 길이 없는 것 아닐까? 기업들이 확인하는 그 '스펙'이라는 것도 분명 최소 기준일 것이다. '최소한 성실한 사람이겠지'라는 기준일 확률이 높다. 그래서 스펙이 없는 사람일수록 나도 잘 할 수 있다는 '스토리'를 꼭 만들어야 한다.

그 친구는 눈치도 무척 빨라 부정행위를 하는 병사를 수차례 잡기도 했다. '경호학도'다운 모습을 보여 주었다. 전역 후에도 강간미수범을 현장에서 잡아 경찰서에 인계하는 친구이며, 그런 면모를 '좋은 회사'에서 놓칠 리 없었다. 현재 국내 굴지의 보안업체에서 자신의 실력을 유감없이 발휘하고 있다.

군대도 사회도
통하는
업무 노하우

거짓말 하지 마세요

중위 시절 병사들에게 자주 했던 말이 "군대생활 잘 해야 사회생활도 잘 한다"였다. 지금 생각해 보면 무슨 배짱으로 그랬는지 모르겠다. 병사들이 듣기에 별로 설득력이 없었을 텐데. 왜냐하면 그 말을 하고 있는 사람이 사회생활을 논할 만큼 풍부한 경험이 없었기 때문일 것이다.

오고 싶지도 않았고 지겁기만 한 군대. 구성원들이 원하지 않은 집단에서 관리자로서 리더십을 발휘한다는 것은 쉬운 일이 아니다. 그들에게 동기를 부여하기란 다섯 살짜리 딸아이 이 닦이는 일보다 수백 수천 배는 어렵다.

군대라는 특수성을 떠나서 생각해 봐도 자신이 원하지 않는 곳에서 어느 누가 떠나야 할 날짜를 계산해 보지 않겠는가? 누가 그날을 손 꼽아 기다리지 않겠는가? 그래서 완전군장으로 연병장을 백 바퀴 도는 것보다 휴가 자르겠다는 말이 더 무섭게 느껴지는 것이 사실이다.

그렇다면 어떻게 해야 '군대생활 잘 하면 사회생활도 잘 한다'고 자신 있게 말해 줄 수 있을까? 어떻게 해야 적극적으로 주인의식을 가지고 군대생활에 임하게 할 수 있을까? 현역 시절이나 지금이나 늘 고민하던 문제다.

사회에 나와서 보니 내가 원하던 집단에 들어왔다고 해도 늘 만족하는 것은 아니었다. 아무리 좋은 회사에 다니고 있어도 불편함과 어려움은 있고, 요즘같이 어려운 시기에는 많은 사람들이 '이직'을 생각하고 있다. 대기업에 다닐수록 그런 사람이 더 많은 이유는, 그 회사에 언제까지 남아 있을지 모르기 때문이다. 공무원같이 정년이 보장된 직종도 크게 다를 것이 없는데, 다만 '이직'에 대한 스트레스는 적은 것 같다.

일찍부터 미용에 관심이 많아 오로지 그 길만을 걸어온 형님이 있다. 홍대 쪽에 자기 가게를 가지고 있는 그가 이런 말을 들려준 적이 있다.

"자기 직업에 100% 만족하고 사는 사람이 어디 있냐? 오랫동안 꿈꿔 온 일을 한다고 해도 이상과 현실은 달라. 내가 생각했던 직업에 대한 환상과 현실은 늘 다른 거야."

남부러울 것 없어 보이는 형님이었는데, 의외였다. 그 말을 곱씹어 보면, 우리 병사들은 본인이 원하지 않은 사실 하나 때문에 모든 것이 싫은 상황인 것이다. 그럼 또 바꾸어 생각해 보면, 본인들이 원하는 곳에서 원하는 것을 한다고 해서 모든 것이 만족스러운 상황인가? 진지하게 생각해 볼 문제다. 애석하게도 아직까지 단 한 사람도 그런 사람을 만난 적이 없다.

　새삼 말할 필요는 없지만, 공무원 시험 열풍이 식지 않는 이유는 간단하다. '안정성' 때문이다. 9급 시험을 준비하는 서울대 출신 학생이 "저녁 시간을 찾고자 시험에 응시한다"는 말이 화제가 되었었는데, 그만큼 요즘 사회가 어렵다는 반증일 것이다. 그럼 '원하는 것을 해도 모든 것이 만족스럽지는 않다'는 사실과 '안전성'을 추구하기 위해 공무원 시험을 본다는 사실을 유추해 보면, 첫째는 군 복무하는 21개월 동안 절대 해고당할 일이 없다는 점, 둘째는 비록 원치 않는 곳에 있으나 원하는 곳에서 원하는 것을 한다고 해도 모든 것에 절대 만족할 수 없을 것이라는 점이다.

　전역한 지 10년차에 접어든 이 시점에서 나는 병사들에게 이렇게 이야기한다.

　"여러분이 여기에 온 것이 너무 힘들고 적응하기 어려울 수도 있지만, 사회에 나가서도 크게 다르지 않다. 여러분이 원하는 일을 한다고 해서 지금보다 덜 힘들고 덜 짜증나리라는 법은 없다. 도리어 그 반대일 확률이 높다. 그럼 어떻게 해야 할까? 먼저 내가 변해야 한다. 누구 탓도 하지 말고, 나부터 변하면 상대도 느끼게 된다. 무조건 힘든 곳, 짜증나는 곳으로 생각지 말고 견뎌 내야 할 충분한 가치가 있는 곳, 나의 적응력을 시험해 볼 수 있는 곳, 나의 변화를 이끌어 낼 수 있는 곳으로 생각하면, 입고 있는 전투복을 다시 생각하게 될 것이다. 또한 21개월이라는 시간 동안 절대 해고당할 일이 없으니 얼마나 안정적인가. 군 복무하는 시간을 변화의 기회로 삼고,

21개월을 사회에 나가기 전 마지막 모의고사라고 생각해라. 사회든 군대든 생각만큼 큰 차이는 없다.”

'까라면 까지'라는 구태의연한 방식은 더 이상 군대에서도 통하지 않는다. 충분한 공감을 통해 지지를 얻어 내는 리더십이어야만 진심 어린 '충성'을 얻어 낼 수 있다.

어쨌든 사회는 점점 '안정성'을 제공해 주지 못하고 있으니 지금 가장 필요한 자질은 변화에 대한 '적응'이다. 자신이 원하는 일을 하지 못한다고 가만히 앉아 있으면 굶어죽기 딱 좋다. 비록 내가 원하는 일은 아니었으나 주어진 일에 최선을 다하고 거기서 '베스트'가 되는 연습. 그 연습의 마지막 기회는 '군대'라고 해도 과언이 아니다. 그곳에는 나를 속이는 '사기꾼'도 없고, 먹여 주고 재워 주며 운동까지 시켜 주니 이런 곳이 또 어디 있겠는가?

2005년 3월 9일 일기장을 보면 “군대에서 잘 해야 사회에서도 잘 한다”고 말했다며, 거짓말을 하는 것 같아 괴롭다고 쓰어 있다. 그러나 이제는 아니다. 구체적으로 군대생활을 어떻게 해야 하는지, 우리가 어떤 방향점을 가져야 하는지 자신 있게 말해 줄 수 있다.

“군대생활 잘 해야 사회생활도 잘 한다.”

하루살이 정신

전역일이 다가올수록 마음이 조급해졌다. 수많은 계획과 시나리오를 상상하면서 해볼 만하다고 자위를 했다. 그땐 최소한 자신감은 있었던 것 같다. '나가서 굶어 죽기야 하겠냐?'는 깡만 충만했다. 물론 '깡'으로 모든 것을 할 수 없다는 것을 뼈저리게 깨달았지만.

최전방 지역에서 전역 준비를 하는 것은 생각보다 어려웠다. 최전방 지역이 아니라도 직장생활을 하는 입장인데 '이직 준비'를 한다는 것은 매우 위험하기까지 했다.

사회에서도 직장생활을 하면서 '이직 준비'를 하는 것은 결코 만만치 않다. 만일 그 사실을 고용주가 알게 되면 그 직원이 어떻게 보일까? 마찬가지로 국가에서 월급을 받는 군인 입장에서 주어진 임무를 등한시하며 이직 준비를 한다는 것은 양심에 걸리기도 했다. 가장 중요한 것은 군대 자체가 그렇게 호락호락한 곳이 아니라는 것이다.

수많은 계획과 시나리오는 단 한 개도 이루어지지 않았다. 제출한 이력서는 단 한 곳에서도 연락이 오지 않았고, 아내도 경찰 시험에 떨어졌다. 정말 되는 게 하나도 없었다. 이 상황을 어떻게 돌파해야 할지 감도 잡히지 않았다. 너무 순진했다. 철저한 준비 없이 국가에 대한 사명 어쩌고 하면서 내놓을 만한 자격증도 없고 외국어를 잘 하는 것도 아니었다. 도대체 무슨 자신감으로 전역하겠다고 노래를 부르고 다녔는지, 그리고 단 한 번도 장기지원을 하지 않았다는 걸 자랑인 양 떠들어댔으니, 결혼까지 한 가장이 참으로 한심했다.

2008년 12월 19일, 이 상황을 돌파할 만한 단서를 찾는 사건이 일기장에 기록되어 있다. 당시 부모님이 이사를 했는데 수리할 것들이 꽤 있었다. 그 과정에서 쓴 일기다.

주어진 일에 집중하라

요 며칠간 집수리 때문에 여러 가게를 돌아다녔다. 그런데 가게마다 너무 달라서 잊지 않기 위해 몇 자 적어 둔다.

집 앞 전파사는 손님이 들어와도 본체만체, 뭘 물어봐도 들은 척 만 척이다. 부부가 운영하는 것 같은데 두 사람의 표정이 마치 저승 입구 매표소 직원 같다.

페인트 가게는 손님이 들어오니 보고 있던 컴퓨터를 끄려고 한다. 눈알은 빨갛고 머리는 떡이 되어 있다. '친환경 페인트'를 찾으니 없다면서 다시 컴퓨터 앞에 가 앉는다. 그 가게 문 앞에는 '임대문의'라고 쓰여 있었다. 불쾌한 마음을 접고 들른 조명가게는 분위기가 밝았다.

"집 전등을 교체하려고 하는데 자재값 좀 여쭤 보려고 합니다."

"젊은 사람이 참 실속 있네요" 하며 먼저 '안방등'이라는 스위치를 올리자 한 벽면에 있는 각종 디자인의 등이 일제히 켜졌다. 화장실등, 거실등 이런 식으로 일목요연하게 정리되어 있는 상품들은 한눈에 보기에도 깔끔하고 멋있었다. 더구나 상세하게 설명을 해 주니 전파사와는 완전 딴판이었다.

조명가게에서 약간 감동을 받고 도착한 다른 페인트 가게 사장님은 내 차림을 보고 대번 집수리 하는 걸 알아보았다.

"친환경 페인트 있나요?"

"당연하죠. 무슨 색을 원해요?"

"흰색 계통이요."

"아니, 흰색 계통이 몇 가진 줄 알아요?"

그러면서 샘플을 보여 주었다. 얼핏 봐도 흰색만 다섯 가지가 넘었다.

"아저씨, 사실 저 처음 페인트 칠하는 거거든요. 노하우 좀 알려 주세요. 잘 할 수 있을지 모르겠어요."

"어허, 27살짜리 아가씨도 해요. 일단 여기 앉아 봐요."

그러더니 30분 가까이 페인트 칠에 대해 자세히 알려 주었다. 그분 모습에서 자부심이 느껴졌다. 그래, 바로 그거였다. 내가 들른 좋은 가게들은 자신의 일을 사랑하는 모습이었다. 오로지 자기 일에 집중하는 분들이었다. 초반에 상했던 기분이 후반에 완전히 만회되어 가슴에 작은 감동으로 전해졌다. 그래, 바로 그거였다.

현재 자신에게 주어진 일에만 집중하는 자세. 나는 후에 이것을 '하루살이 정신'이라고 불렀다. 하루살이 정신은 얼핏 보면 대책 없고 무책임해 보이기도 한다. 하지만 냉정하게 생각해 보면 우리가 움직일 수 있는 시간은 바로 이 순간, 오늘밖에 없다. 오늘 하루 최선을 다했다면 분명 피곤하고 배터리가 방전된 것처럼 꼼짝도 할 수 없을 것이다. 그런 날을 하루하루 쌓아가는 것이 성공을 향한 유일한 길이라는 것을 4년 뒤 트럭기사를 하면서 다시 깨달았다.

한치 앞을 잘 모르지만 미래를 향한 계획과 꿈은 매우 중요하다. 하지만 구체적이어야 한다. 예를 들어 1년에 천만 원을 모으려면 한 달에 83만3천 원, 하루 약 2만8천 원을 모아야 한다는 계획이 있어야 한다. 오늘 하루에 온전히 집중할 수 있으려면 그런 계획에 근거한 오늘의 계획이 분명히 있어야 한다. 그러나 우리 인생에 일 년에 천만 원 모으기 같은 단순한 계획만 있을 수는 없는 법.

트럭기사를 하던 시절엔 정말 암울했다. 아내의 임신 소식을 듣자마자 하던 공부를 그만두고 닥치는 대로 일을 시작했다. 무엇을 해야 할지, 어떻게 해야 할지 잘 몰랐지만 그냥 무식하게 열심히 했다. 여기서 뼈를 묻어 버리겠다는 각오로 했더니 거기서도 길이 열렸다. 그때 깨달았다. 미래를 미리 계산하는 건 바보 같은 짓이라고, 이도 저도 아무것도 모르겠으면 닥치는 대로 열심히 해 보는 것도 매우 중요한 일이라는 것을.

자신의 일에 최선을 다하는 사람들에겐 말로 표현할 수 없는 좋은 기운이 뿜어져 나오는 것 같다. 왠지 더 다가가고 싶고, 즐거워지는 느낌이다. 그 긍정적인 기운으로 인해 그 사람 주위에는 분명 많은 사람이 모인다. 세상 모든 일은 결국 '만남'이 가장 중요하다. 엄청나게 좋은 기운을 뿜어내며 일하는 여러분을 알아보는 그 누군가가 반드시 나타날 것이다. 그리고 여러분을 더 높은 곳으로 끌어올려 줄 수 있을 것이다. 설사 그런 일이 일어나지 않는다 하더라도, 우울한 사람 옆에는 절대 사람들이 모여들지 않는다는 것을 기억해야 한다.

군대에서 해야 할 공부

변변한 자격증 하나 따지 못했다. 남들 잘하는 외국어 성적도 내 신발 사이즈보다 조금 나았다. 서른이 다 된 시점에서 소위 스펙이라는 것은 하나도 없었다. 그래도 부끄럽지 않았다. 당연히 그럴 수밖에 없다고 합리화했다. 왜냐하면 나는 대한민국 최전방에서 국방의 의무에 최선을 다하고 있었으니까.

"홍현수 씨, 가지고 있는 자격증이 뭐예요?"

"지금 토목기사 1급 1차 합격했구요, 바로 2차도 합격할 겁니다."

"그럼 합격하면 연락 주세요."

벼룩시장 구인공고를 보고 전화한 어느 건설회사와의 통화 내용이다. 정말 2007년 당시엔 자격증과 영어점수, 학점만 따지고 들었다. 내가 어떤 성공 경험이 있는지, 어떤 일을 자신있게 할 수 있는지 물어보는 곳이 단 한 곳도 없었다. 물론 어느 정도 규모 있는 기업의 입사지원서에는 여러 가지 질문이 있긴 했다. '당신의 성공 경험은 무엇인가요?' '당신의 인생에서 가장 중요하게 생각하는 것은 무엇인가요?' 열심히 답을 쓰긴 했는데 단 한 곳도 연락이 안 왔으니 분명 자격증과 영어점수, 학점으로 필터링 했을 것이란 생각이 든다.

이러니 스펙 쌓기에 초연해질 수는 없었다. 학점은 떠나 버린 버스니 어쩔 수 없다 하더라도, 영어와 자격증은 전역을 앞둔 군인에게 '넘을 수 없는 벽'으로 다가왔다. 다행히 지금은 기업들도 단순히 스펙을 보기보다는 다양한 채용 방식을 활용하는 것으로 알고 있다. 왜 그럴까? 스펙만 우수한 인재가 너무 많기 때문일까?

당시 나는 군인의 적극적인 이직 준비는 더욱 위험하다고 생각했다. 실제로 어떤 간부는 열일 제쳐두고 영어만 죽어라 공부했다고 한다. 병사들에겐 각종 부조리와 무관심으로 일관하다가 결국 문제가 되어 진급도 누락되었는데, 그럼에도 영어 하나만 붙들고 버티더니 전역할 때 굴지의 대기업 해외영업부에 들어간 사례도 있었다.

그러나 그 간부가 결코 멋지거나 자랑스럽게 느껴지지 않았다. 그 밑에 있던 병사들이 불쌍하고 미안하기까지 했던 내가 너무 순진하다고 할지라도, 나는 그렇게까지 하고 싶지 않았다. 오히려 내 형편없는 스펙이 자랑스럽기까지 했다.

군대를 떠나 어느 조직에 가더라도 자기 일에 온전히 매진하지 않으면 분명 알아보는 사람이 생긴다. 이것은 사회든 군대든 동일하다. 물론 어느 정도 느슨해지는 건 어쩔 수 없지만 그것은 상식적으로 납득이 되는 수준까지다. 간부가 병사들 앞에서 대놓고 이직 준비를 하고 상식 이하의 행동을 하는 것이 '취업'이라는 명제 하에 묻혀 버리면 안 된다. 그건 남의 눈을 의식해서의 문제가 아니라, 스스로의 양심에도 떳떳할 수 없는 문제다.

이런 순진한 사고방식으로 5년 동안 고생했지만 후회는 없다. 그것이 내가 겪어야 할 운명이었다고 생각하는 것이 더 편하다.

그럼 그때 나는 어떻게 해야 했을까? 지금도 가끔 스스로 묻는 질문이다. 어느 날 우연히 읽게 된 발레리나 강수진 씨에 대한 기사가 해답을 찾는 데 큰 도움이 되었다.

> 솔직히 나에게 20대로 돌아가라고 하면 나는 못할 것 같다. 너무너무 힘들었기 때문이다. 20대 때 나에겐 블랙홀만 보였다. 그런데 포기하지 않고 지내다 보니 이 자리까지 오게 됐다. 나이마다 할 게 있다. 20대에는 20대가 할 수 있는 게 있다. 실패에 겁먹지 말길 바란다. 꿈을 이루기 위해 시작하고 꾸준히 실천해서 조금씩 발전하는 자신을 찾길 바란다.
>
> – 2016년 2월 '2030세대를 위한 멘토링' 축제에서

정말 놀라웠다. 그에게도 20대가 블랙홀이었다니, 믿어지지 않았다. 이어서 읽게 된 다른 이야기다.

> 하루하루가 가장 중요하고, 열심히 살아간 오늘이 모여 특별한 내일을 만든다고 생각해요. 보잘 것 없이 보이는 하루하루를 반복해 대단한 하루를 만들어 낸 사람이라는 칭찬이 가장 좋아요.
>
> – 2013년 5월 8일 연세대 강연에서

여기서도 내가 앞에서 말했던 '하루살이 정신'을 똑같이 얘기해 무척 놀랐다.

만일 지금 전역을 앞둔 그 해로 돌아간다면, 나는 절대 전역 이후의 삶을 걱정하지 않을 것이다. 마치 내일 전쟁을 나갈 것처럼, 군생활 30년 넘게 할 사람처럼 더 집중해서 일할 것이다. 왜냐하면 전역이후 단 한 가지도 계획대로 된 것이 없음을 온몸으로 체험했으며, 그동안의 고생으로 '하루살이 정신'을 터득했기 때문이다.

전역을 앞둔 군인이 이직만을 준비하는 것은 분명 국민의 세금을 축내는 것이고, 국가를 위태롭게 하는 것이다. 군인이 해야 할 공부는 전략과 전술, 장비와 주특기, 교범과 병법, 역사와 지리다. 해야할 것이 무궁무진하다. 나는 그때 어떻게 하면 더 부대가 원활히 운영될 수 있을지 군수과장의 입장에서 고민했어야 했고, 장비 개선을 고민했어야 했다. 누가 들으면 미친 소리라 할지 모르지만, 그래서더 미안하다. 미치도록 일을 하지 못하고 전역해서 말이다.

군인은 해야 할 공부가 따로 있다고 생각한다. 물론 영어도 공부해야 하고 자격증도 많이 따야 한다. 하지만 그것이 개인의 이익을 위한 행위라면 과감히 그만해야 한다. 진정으로 나라를 위해 헌신하는 군인이 많아질수록 적이 우리를 넘보지 못할 것이며, 군인이 사회적 존경을 받을 수 있는 날에 한 걸음 더 다가갈 것이다.

전역을 일 년 앞둔 2006년 7월 2일, 답답해하던 일기가 웃음을 짓게 한다.

2006. 7. 2 12 : 16

얼마나 나은 직장에서 얼마나 확실한 미래가 보장되어 있기에 그렇게 쉽게 충고를 하는 건지 모르겠다. 내가 군대생활을 평생 할 거라고 해도 결코 안정적일 수 없고, 내가 그 무슨 직종에서 일한다 해도 안정적일 수 없을 것이다.

소위 잘나간다는 친구들도 그들만의 고민이 있고, 그런 고민들이 배부른 소리라고 치부할 수 없는 것이라는 걸 알고 있다. 잘나가면 잘나가는 대로 주변의 기대에 대한 고민이 크며, 잘 안 나가면 또 안 나가는 대로 고민이 크다. 결코 경중을 따질 수 없다.

예전에 둘째 형님 차를 타고 가는데 갑자기 택시가 끼어들자 형님이 이렇게 말했다.

"나도 혹시 택시를 몰지 모르는데, 욕하지 말자."

형님은 대전에서 꽤 규모 있는 식당을 운영하고 있었다. 그때 형님에게 한마디 했다.

"형님, 그 말씀이 참 멋지게 들립니다."

사람들은 나를 두고 이런 말들을 한다.

"열심히 준비해라."

"사회가 만만치 않다."

솔직히 그분들에게 이런 말을 하고 싶다.

"군대가 사회생활을 열심히 준비하도록 가만히 놔두는 집단 같습니까? 그렇게 한가할 것 같습니까? 그러는 분들은 왜 열심히 준비하지 않았나요?"

"사회가 만만치 않다면… 군대는 만만하나요?"

물론 나를 걱정해서 하는 말씀들이지만, 좋은 말도 한두 번이지 피곤하게 들릴 때가 많다.

그런 말들을 들으면 솔직히 도움이 되기보다는 나의 조급함을 더 유발시키는 것 같다.

뭐든지 조급하면 될 것도 안 된다는 것을 나는 경험으로 안다.

솔직히 나도 무엇인가에 집중할 수 있는 기간이 있었으면 좋겠다.

아침 6시 반에 출근하여 밤 8시나 되어야 집에 오는 환경에서 대체 무엇을 얼마나 할 수 있을지. 너무너무 힘들다.

전역을 하면 좋은 직장에 갔으면 좋겠지만 최선을 다해도 그것이 되지 않는다면 과감히 쉬고 싶다. 재수나 휴학 한번 해 보지 않고 쉼 없이 달려온 나를 돌아보며 프로가 될 수 있는 준비기간을 가지고 싶다. 그런 여건을 만들어 보고 싶다.

정말 진퇴양난인 것 같다. 결론은 오늘에 충실하는 길밖엔 없다.

가장 중요한 자기계발은 '독서'

내가 자기계발에 투자한 돈을 정확하게 계산해 본 적은 없지만 3년 동안 대략 2천만 원 정도 되는 것 같다. 내 연봉이 2천만 원 초반임을 감안하면 무려 30%를 자기계발에 투자한 셈이다.

적지만 고정수입이 생기자 가장 먼저 해야 할 것이 자기 자신에 대한 투자라고 생각했다. 한 달에 2백만 원도 안 되는 수입으로 재테크를 한다는 것도 무리가 있었다. 설령 잘 한다고 해도 고작 몇십, 몇백만 원 정도의 수익을 올리는 게 다 아닐까? 다행히 아내도 수입이 있기 때문에 그게 가능했다.

각종 독서법과 강의법 등 평소에 듣고 싶은 것들을 하나씩 하나씩 수강했다. 단순히 수강하는 것만 좋았던 것이 아니다. 그곳에서 만난 수많은 사람들, 같은 생각을 가진 동료들을 알게 된 것이 더 큰 수확이었다. 전국 각지에서 일하는 다양한 분야의 사람들, CEO, 대기업 직원, 선생님, 공무원 등 그들과 같이 고민을 나누는 것만으로도 큰 도움이 되었다.

수많은 강의를 듣고 배웠지만 자기계발의 시작이자 끝은 결국 '독서'라는 것을 알았다. '독서'만큼 경제적인 자기계발 수단도 없으며, '독서'만큼 얻는 게 많은 것도 드물다. 집중해서 읽으면 웬만한 책은 4~5시간이면 다 읽을 수 있다. 그 시간 동안 저자의 이야기를 깊이 있게 들을 수 있다. 실제로 그 사람을 만난다고 해도 그렇게 깊이 있는 대화를 하기 어려울 것이다. 그 책의 한 문장 한 문장을 얼마나 고심하여 썼을까를 생각하면 충분히 이해가 된다.

요즘엔 군대에서도 독서를 적극적으로 장려하고 있다. 국군복지단에서도 작년부터 PX에서 도서 구입이 가능하여 영내에서 편하게 책을 읽을 수 있다. 비록 제한된 수량이지만 엄선된 도서들이 진열장을 가득 메우고 있다. 벌써 많은 병영에서 독서모임과 토론이 활발히 진행되고 있으며 좋은 사례들이 나오고 있다.

우리나라는 세계적으로도 책을 잘 읽지 않는 국가라고 한다. 하지만 우리나라에도 책을 열심히 읽는 사람들이 많다는 것을 알고 있다. 책을 읽지 않는 나라가 아니라 책을 읽는 사람과 읽지 않는 사람의 차이가 큰 나라라고 보는 게 정확한 것 같다.

그런데 단순히 책을 많이 읽는 것만으로는 부족하다. 책을 읽으면 반드시 내가 적용할 부분을 찾아서 실제 현장에 접목해 보는 것이 더 중요하다. 머리에 아는 것만 많고 실행하지 않으면 무슨 소용이 있겠는가. 또한 습득한 지식과 현장에서 접목한 노하우를 가지고 서로 나누는 것은 더욱 중요하다. 사람들과 만나서 토론하고 토의하는

나는 지역 주민들과 초급간부들을 대상으로 독서모임을 진행하고 있다. 벌써 일 년이 넘은 이 모임은 매주 금요일 새벽 6시 30분에 실시한다. 책에서 이야기하고자 하는 핵심 주제와 우리가 적용해야 할 부분에 대해 각자 의견을 말하는 이 자리에서 서로의 '다양성'과 '새로움'을 만끽할 수 있다.

것은 말로 설명할 수 없는 긍정적인 효과를 가져온다.

특히 한 권의 책을 정해서 같이 읽고 나누는 독서모임을 운영하면 같은 책을 읽었음에도 서로의 생각이 다름을 알게 되고, 그러면서 자연스럽게 '다양성'에 대하여 학습하게 된다. 그렇다고 꼭 목적을 가지고 전투적으로 독서할 필요는 없다. 때로는 그냥 읽어도 좋다. 독서는 인간만이 할 수 있는 유일한 행위로, 그냥 그 자체만으로도 행복감을 느낄 수 있기 때문이다.

군대 있을 때 틈틈이 독서하고, 느끼고, 접목해 보고, 나누어 보는 연습을 열심히 해야 한다. 나는 그것을 비싼 돈 주고 배웠다.

세상에 새로운 것은 없다고 한다. 무에서 유를 창조하는 것은 신의 영역이다. 결국 인간은 습득한 지식을 융합하여 새로운 것을 탄생시킨다. 그런 점에서 독서는 창의력 개발과 독자적인 가치관을 구축하는 데 필수적이다. 앞으로 인공지능이 더 활성화되면 인간이 할 수 있는 영역은 극도로 줄어들 것이다. 승부수는 결국 '창의력'이고, 독서를 통해 그 능력을 키워야 한다. 벌써 여기저기서 '연금'이 사라진다고 외쳐댄다. 이제 안정의 대명사인 '연금'에 의지해 살 수 있는 날도 얼마 남지 않았다. 연금의 최고 수혜자는 지금 받고 있는 분들이 마지막일 수도 있는 것이다.

앞에서도 강조했지만 이젠 스펙의 족쇄에서 벗어나야 한다. '독서'엔 자격증이 없다는 점이 얼마나 좋은가. 엄밀히 따져보면 '자격증'이 있는 분야는 이미 늦은 것일 수도 있다. 누군가가 어떤 분야를 체계화해서 시험체제를 도입한 게 '자격증'이다. 즉 누군가 매뉴얼을 만들어 그것을 시험체계로 발전시켰다는 건데, 결국 자격증을 취득한다는 것은 그것에 종속된다는 말일 수도 있다. 차라리 스스로 자격증을 만들어 보는 것은 어떨까? 물론 분명히 자격증이 필요한 분야는 있다. 핵심은 맹목적으로 자격증에 종속되지 말자는 것이다.

'그럼 얼마나 읽어야 하는가?'에 대한 궁금증이 생길 수도 있겠다. 빌게이츠는 일주일에 한 권 읽는다고 하는데, 일 년이면 대략 50권이다. 어느 정도 독서력이 있다면 일주일에 한 권 정도를 권한다. 나는 2015년에는 40권, 2016년 10월 현재 30권을 읽었다. 글을 쓰다 보니 좀 느슨해지긴 했다. 여러분은 군생활 21개월 동안 대략 80~90권 정도면 적당하겠다. 큰맘 먹고 100권 읽기에 도전해 보라.

한 가지 제안하고 싶은 것은 '군인특별도서구입제도'가 있었으면 한다. 현재 군에는 '면세주류'를 일정량 구입할 수 있도록 제도화되어 있다. 그런데 주류뿐만 아니라 '도서'도 그렇게 하면 어떨까? 물론 '진중문고'라는 시스템을 통해 우리 장병들이 양질의 책을 보고 있기는 하지만, 군인들에게 도서 구입 혜택을 주었으면 좋겠다.

하지만 꼭 당부하고 싶은 것은, 업무시간에 책 보는 것은 삼가야 한다. 독서는 저자와의 만남이다. 그 만남에도 집중하지 못하고 군인의 의무에도 충실하지 못하면 독서의 순효과를 반감시키게 되기 때문이다.

그래도 나의 경우 다행스러웠던 건 백수 생활 동안 손에서 책을 놓지 않았다는 것이다.

멀티태스킹에 대한 오해

동물의 왕국에서 왕 선거가 있었다. 모두들 잘났다고 아우성인데, 누군가 컴퓨터에 각자의 장단점을 넣어 분석하고 그 결과에 따르자고 제안했다. 컴퓨터 분석 결과는 날 줄 알고, 헤엄치고, 잠수하고, 걷고, 뛰고, 아무거나 먹을 수 있는 오리야말로 동물의 왕이 될 수 있다고 했단다.

여러분은 여기에 동의하는가?

모든 것을 할 수 있다는 것은 모든 것을 할 수 없다는 말과 같다고 생각한다. 오리처럼 이것저것 찔끔찔끔 할 줄 아는 것보다 차라리 못하는 것이 낫다. 한 가지를 똑부러지게 하는 호랑이나 독수리가 더 믿음직스럽지 않은가.

내가 구입하려던 제품들은 항상 이게 좋으면 저게 나빴고, 내가 겪은 사람들도 이게 좋으면 저게 나빴다. 완벽한 제품, 완벽한 사람은 본 적도 없고 앞으로도 보기 어려울 것이다.

여기서 집중의 필요성을 이야기하려 한다. 시간의 지배를 벗어날 수 없는 이상 모든 것을 잘 할 수는 없다. 공부를 잘 하는 사람은 공부를 파야 하고, 노는 것을 잘 하는 사람은 노는 걸 파야 하고, 공무원은 공무원답게 일해야 하고, 군인은 군인답게 일해야 하며, 장사하는 사람은 장사를 잘 해야 한다.

피터 드러커는 "사람들은 어떤 성과를 내기 위해 들어가는 시간에 대해 너무 과소평가하는 경향이 있다"고 말했다.

우리에게 주어진 유한한 시간 속에서 자신의 강점을 조기에 발견하여 그것에 전력투구해야 세상에 작은 한 획을 긋고 갈 수 있지 않을까 생각한다. 재테크든 뭐든 우선 자기 분야에 프로가 되어야 '재(財)'를 볼 수 있다. 업(業)보다 재(財)가 우선이 될 수는 없는데, 참 많은 사람들이 그 반대가 될 수 있다고 열심히 외치고 있다.

요즘 제품들을 보면 '컨버전스'라고 하여 여러 기능이 동시에 가능한 것을 선보이고 있다. '컨버전스'의 개념은 '멀티태스킹'의 개념에 가깝다. 즉 한번에 여러 가지 일을 동시에 할 수 있다는 개념이다. 현재는 '스마트폰'이 대표적인 기기일 것이다. 더 이상 새로울 것도 없는 이 개념의 가장 큰 문제점은 사람에게도 동일하게 적용할 수 있다고 생각하는 것이다. 과연 사람도 가능할까?

터치로 작동하는 스마트폰은 즉각적으로 사용자에게 정보를 제공한다. 더구나 전화통화, 은행업무, 인터넷 검색, 쇼핑 등 생활 속에 필요한 거의 모든 일을 이 기기 하나로 할 수 있으니 가히 혁명적이기까지 하다.

그런데 문제는 우리가 '기다린다'는 것을 견딜 수 없게 되었다는 것이다. 터치만 하면 척척 나오는 결과물에 익숙해져 잘 기다리지를 못한다. 그래서 그런지 유능한 한 사람에게 업무를 몰아주기도 한다. 업무지시를 하면 바로바로 결과물이 나와야 하고, 이것도 잘 하고 저 것도 잘 해야 한다. 아랫사람이 이런저런 제안사항을 보고하면 핑계 를 댄다거나 무능하다고 한다. 마지막 하이라이트는 일이 어그러지 고 난 뒤 왜 그때 보고하지 않았느냐고 책임을 떠넘기기까지 한다.

여기서 웃으며 공감하는 분이 있으리라 생각한다. 하지만 나도 혹 시 그러지 않았는지 진지하게 돌아봐야 한다. 요즘 사회도 멀티태스 킹의 폐해에 대하여 심각하게 돌아보고 있다. 데보라 잭은 《싱글테 스킹》에서 이렇게 말한다.

대개 사람들은 업무에 과부하가 걸릴 경우, 이에 대처하려면 멀티태스 킹이 필수적이라고 오해한다. 그러나 멀티태스킹은 백이면 백 모두 역 효과를 낼 뿐이다. 멀티태스킹에 대한 신봉에는 오해의 소지가 있다. 멀티태스킹은 일을 줄이기보다는 오히려 우리가 가진 문제들을 확대한 다. 인간의 뇌는 한 번에 한 가지 이상의 일에 몰입하지 못한다. 그래서 멀티태스킹을 하면 단기기억의 정보 흐름을 막아 버린다. 이 때문에 데 이터는 단기기억에 들어가지 못해 장기기억으로도 넘어가지 못한다. 그 결과 일을 해결하는 능력이 저하된다.

요즘 우리 군인도 멀티태스킹을 자연스럽게 요구받는 상황이다. 전쟁에서 반드시 승리를 이끌어 내기 위한 전투전문가, 전투력을 극대화하기 위해 효율적인 교육을 고민해야 하는 교육전문가, 병사들의 아픔과 심리를 이해해 주고 공감해 주어야 하는 심리상담전문가, 효과적인 부대관리를 위한 시설보수전문가 등 헤아릴 수 없이 많은 업무가 가중되고 있다. 물론 각 분야에서 특화된 전문가들이 우리 군대에도 다수 배치되어 있지만, 말단 부대 지휘자들에게까지 가중되는 부담을 덜어주기엔 턱없이 모자란다고 생각한다.

분명한 건 한 사람이 모든 것에 전문가가 될 수 없다는 것이다. 그것을 알기에 우리 군도, 사회도 개선점을 모색하고 있는 것이다. 다만 우리가 점검해야 할 부분은 생활 속에서, 혹은 회사에서, 군대에서 아랫사람에게 이것을 강요하고 있지 않은지, 면밀히 살펴봐야 한다고 생각한다.

이지훈 작가는 《단》이라는 책에서 "날로 복잡해지는 세상에서 살아남기 위해, 보다 중요한 일에 집중하기 위해, 남과는 다른 가치를 만들어 내기 위해, 우리는 반드시 단순해져야 한다"고 주장하고 있다.

우리는 환상을 버려야만 한다. 모든 것을 할 수 있다는 것은, 모든 것을 할 수 없다는 것과 동일하기 때문이다.

군대와 사회는 다르지 않아

2005. 5. 27. 20 : 04

주 5일제 주말을 맞이했다. 그러나 이번 주 일요일은 당직근무다. 그래
도 내일은 쉴 수 있다.

오늘 아주 소중한 시간을 가졌다. 상급부대 지휘관이 전역한 선배님들
과 만날 수 있는 기회를 만들어 주었다. 전역한 지 20여 년이 지난 선배
님들. 자기 분야에서 어느 정도 성공한 분들이었다.

한 분은 엘지경제연구원에서 기업 컨설틴트를 하다가 자기 기업을 하
고 있고, 또 한 분은 17년 동안 무역회사를 다니다가 무역회사를 차린
오너였다. 우리와는 24년 이상 차이가 나는 대선배님이었는데 좋은 말
씀을 많이 해 주었다.

가장 핵심적인 건 군대와 사회가 차이가 없다는 점이었다. 한 마디 한 마디

가 정말 가슴에 와 닿았다. 특히 이분들은 회사 오너들이기 때문에 바라보는 눈이 단순한 기업체 사원과는 차원이 달랐다. 장교 출신의 장단점을 아주 논리적으로 분석해 어떻게 해야 강점이 되고 어떻게 하면 약점이 되는지 아주 자세히 설명해 주었다.

기분이 좋았다. 내 생각과 다르지 않아서. 아니, 아주 똑같았다. 군대생활을 하면서 쉽게 빠지는 오류 중 하나는 군대와 사회가 다를 것이라는 착각이다. 나도 역시 그랬고, 그게 아니라는 것을 알리기 위해 많은 분들이 노력했고, 지금도 노력하고 있다고 믿는다.

이 일기에서 보듯 2005년 상급부대 지휘관의 배려로 간부들 대상 정신교육이 있었는데, 군 간부 출신인 CEO들을 초빙하여 용기를 주는 자리를 가졌었다. 정말 좋은 경험이었지만 그때도 현실적으로는 느끼지 못했던 것 같다.

군대든 사회든 조직이 커지면 커질수록 완벽한 시스템을 추구하게 된다. 그만큼 효율성에 집중하게 되는데, 바꾸어 생각해 보면 이탈하거나 교묘히 숨어 있는 잉여가 발생한다는 반증이다. 완벽한 사람이 없기에 조직이 있는 거지만, 그렇다고 조직이 완벽할 수는 없다고 생각한다.

군대에 있을 때는 현장에서 흔히 볼 수 있는 오류들에 대한 회의감이 강하게 밀려왔다. '뭐 이런 경우가 다 있나?' '위에서는 이런 걸 알기나 할까?'라는 비관적인 생각이 들면서, 사회는 매우 합리적이고 효율적일 거라는 막연한 동경심을 갖기도 했다. 사회는 분명 실력에 의해 좌우되겠지?

하지만 사회가 더하면 더했지 덜하지 않다. 무조건 사회가 더 합리적이고 효율적이진 않았다. 도리어 사방에 거짓말하는 사람들이 있고, 위아래 할 것 없이 나의 상황에 따라 무시하며, 결정적인 것은 내게 경제적인 위기를 초래할 수 있는 상황들도 도처에 있다는 것이다. 실력에 의해 죽고 사는 사회는 더더욱 아니었고, 실력이 없어도 돈이 있으면 얼마든지 성공의 고지에 쉽게 갈 수 있을 것같이 보였다. 하지만 사회든 군대든 중요한 것은 누구를 만나는가이다. 즉 '사람'이 가장 중요하다고 생각한다. 결국 차이는 없다는 것이다.

다음 일기는 군인 시절 얼마나 착각에 빠져 있었고, 현실을 몰랐는지에 대한 명백한 증거다.

2005. 5. 3. 20 : 32

큰 바퀴는 작은 함정에 요동하지 않는다. 바다는 자갈에 요동치지 않는다. 즉 큰 그릇이 되어야 한다는 말들. 이런 것을 보면 난 별로 큰 그릇이 아닌 것 같다. 오늘도 너무 짜증이 나서 과장님에게 완곡어법을 써서 조심스럽게 할 말 다했다. 그러니까 과장님도 짜증이 났는지 나와 동일한 방법으로 완곡어법을 써서 할 말 다했다.

큰 목표를 가진 자는 하루하루 작은 일에 흔들리지 않는다는 말. 참 좋은 말이긴 하나 쉬운 일은 아니다. 군대의 특성상 불합리한 일에 대해 말할 수 있는 통로는 거의 없다.

그럴 때면 철저히 실력에 의해 죽고 사는 바깥세상이 그리워진다. 하긴 총알이 빗발치는 전장에서 다수결의 원칙으로 거수해서 찬성하는 사람만 진격할 수는 없지 않은가? 때론 불합리한 일에 대해서도 충성해야하는 게 군인이다. 계백장군처럼 말이다. 자연스러운 군대 문화이긴 하나 난 참 견디기가 힘들다.

오늘 과장님에게 돌려서 할 말 다했지만(물론 공손하게) 마음이 안 좋다. 내가 너무 일희일비 하는 게 아닌가 싶다. 아직은 젊으니까. 큰 그릇이 되기 위해 노력해야겠다. 아니, 어쩌면 평생 죽는 날까지 큰 그릇이 되기 위해 노력해야 하는 게 아닌가 싶다. 이제 군생활도 2년밖에 안 남았다. 어찌 보면 매우 긴 것도 같으나 4년을 지내보니 결코 긴 시간이 아니다. 남은 2년 동안 죽을힘을 다해 실력을 연마해야겠다. 그래서 실력에 의해 죽고 사는 사회에 나가서 살아야겠다. 아자아자~

정말 천진난만한 육군 중위의 일기다. 공개하고 싶지 않았지만 이 일기가 책을 쓰게 된 강력한 동기 중 하나였다. 더 이상 나와 같은 천진난만한 간부가 없기를 바라는 마음에서 용기를 냈다.

이 일기에 등장하는 당시 과장님이었던 김치훈 소령님께 죄송한 마음이고, 자기가 일을 잘 한다는 착각에 빠진 육군 중위 때문에 고생하셨다고 말씀드리고 싶다. 그리고 군대가 불합리한 일에 대해 말할 수 있는 통로가 없는 것이 아니라, 이미 난 과장님과 충분히 소통하고 있었다는 점. 사회 어느 조직에서나 일상적으로 발생할 수 있는 의견 마찰, 생각의 차이도 군대이기 때문에 불합리하다고 생각했던 내 자신이 부끄럽다.

'나는 곧 떠날 사람', '잠깐만 견디면 된다'는 생각을 가진 사람이 창의적이고 신나게 일한다는 것은 꿈과 같은 일이다. 내가 그런 마인드로 무장되어 있는지도 모르고 상급자가 잘못되었다고 생각하는 육군 중위. 나 자신을 철저히 생각해 본다. 혹시 내 밑에 있던 병사나 간부들이 나 때문에 힘들었을 것 같아 미안하기까지 하다. 상급자가 그런 식으로 행동하면 밑에 있는 사람은 엄청나게 힘들어지기 때문이다.

전역하기 전 마지막 회식자리에서 연대장님은 그동안 간부들 고생 많았다며 하고 싶은 말이 있으면 가감 없이 해 보라고 했다. 대부분 간단히 '그동안 감사했습니다. 건강하십시오' 같은 형식적인 말만 했다. 의외였다. 드디어 맨 마지막으로 발언권이 주어진 나는 이때를 놓칠세라 정말 가감 없이 말하기 시작했다.

"존경하는 연대장님! 진심으로 드릴 말씀이 있습니다. 저는 중기복무자로서 6년을 근무하고 전역하게 되었습니다. 소위 말하는 말년 대위였습니다. 그런데 저는 정말 너무 힘들었습니다. 업무는 업무대로, 나가서 먹고 살 걱정은 걱정대로 하다 보니 이것도 저것도 아닌 군생활이 되어 버렸습니다. 군생활만 집중하자니 가족들 볼 면목이 없고, 저 먹고 살 준비만 하자니 양심상 도저히 그럴 수 없었습니다. 연대장님 및 예하 참모님들이 보시기에는 제가 말년 티나 내는 모자란 대위로 보였을 수도 있으나, 이 자리를 빌려 그동안 정말 힘들었다고 우선 말씀드리고 싶습니다."

　연대장님을 제외한 나머지 참모들, 전역 대상자들의 얼굴이 경직되는 것이 느껴졌다.

　"허허허, 그래 우리 군수과장이 많이 힘들었던 것 나도 잘 알고 있네. 그래 하고 싶은 말은 무엇인가? 어서 말해 보게."

　"예, 저는 연대장님께서 앞으로 정책을 입안하는 높은 자리에 올라가실 것이라 굳게 믿고 있습니다. 그래서 보고드리겠습니다."

　"허허허, 그렇게 말하니 어깨가 무거워지는구면! 그래 뭔가?"

　"예, 과속단속 카메라 하나만 달아 주십시오!"

　"그게 무슨 말인가?"

　"뻥뻥 뚫린 도로에서 제한속도 80km 표지판은 아무 역할도 하지 못합니다. 즉 대부분의 운전자들이 그 이상으로 쌩쌩 달리게 됩니다. 아무리 과속하지 마라 교육하고 홍보해도 거의 지켜지지 않습니다. 그런데 그 해결방안은 매우 간단합니다. 과속단속 카메라 한 대면 깔끔하게 정리됩니다. 더 이상 잔소리할 필요도, 교육할 필요도, 홍보할 필요도 없게 됩니다."

　"음, 그렇지. 이제 자네가 무슨 말을 할지 알겠군!"

　"예, 맞습니다. 저 같은 중기복무자들이 전역하는 마지막까지 아무런 걱정 없이 업무에만 매진할 수 있는 장치를 만들어 주십시오. 물론 엄청난 혜택을 바라는 것은 아닙니다. 최소한 사회에서 '우리는 대위를 뽑지 않습니다' 라는 말은 듣지 않게 과속단속 카메라 한 개만 달아 주십시오. 중위든 대위든 상관없이 지원서라도 낼 수 있는 장치를 만들어 주십시오!"

"무슨 말인지 정확히 알았네. 내가 그 자리에 올라가면 꼭 자네를 부르겠네. 그때 같이 현실적이고 적용가능한 장치를 만들어 보세."

"예, 감사합니다!"

속이 후련했다. 난 정말 비유도 잘 하고 말도 잘 한다고 생각했다. 당황스러워하는 과장님들이 왜 그렇게 고소해 보이는지. 결국 나는 연대장님에게 그동안 과장들이 날 힘들게 했다고 일러바친 꼴이 된 것이니 말이다. 회식을 마치며 연대장님은 따로 내게 이렇게 말씀하셨다.

"자네가 얼마나 힘들었는지 나도 잘 알고 있네. 그리고 그동안 고생 많았네. 내가 그 자리에 간다면 반드시 자네를 부르겠네. 그리고 나도 한마디 하겠네. 너무 조급하게 생각하지 말게나. 인생은 길게 봐야 하는 것이네. 전역하면 많이 힘들 거네. 하지만 절대 포기하지 말게."

나는 이 에피소드를 전역한 후에도 한동안 자랑스럽게 떠들고 다녔다. 그때까지만 해도 나는 굉장히 훈훈한 이야기라고 생각했는데, 같은 해 전역한 동기가 한방에 정리해 주었다.

"야, 홍현수! 너 진짜 멋지다. 정말 잘 했어!"

"그렇지? 내가 생각해도 만족스러워."

"그런데 말이야, 한 가지 부탁해도 될까?"

"응?"

"사회에서는 절대 그 따위로 하면 안 된다! 알았지?"

"응?"

"그 자리에 같이 있던 전역자들이 할 말이 없어서 그렇게 형식적으로 이야기했겠냐?"

"응?"

"사회에서 그런 식으로 하면 못 버틴다! 넌 그 다음 날로 매장이야!"

"그건 나도 알지. 그래서 마지막 회식 때 말한 거 아니냐."

"네가 아직 노량진 고시촌에서 공부만 하고 있어 잘 모르는 것 같아 진심으로 말해 주는 건데, 사회라고 해서 할 말 다하고 산다고 생각하면 오산이야. 나는 지금 우리가 군생활 했던 때보다 더 할 말 못하고 산다. 설사 그 에피소드가 자랑스럽다고 해도 어디 가서 말하고 다니지 마라. 모르는 거다 너."

전역하자마자 보험회사에 들어가 최단기간에 보험 왕이 된 동기가 노량진 고시촌에서 공부하고 있다는 내 소식을 듣고 소주 한잔 사주며 진심으로 해 준 말이다. 불쾌했다기보다 '아차!' 싶었고, 동기니까 해 줄 수 있는 말이라는 생각이 들었다. 그 후 몇 번 만나다가 연락이 끊겼는데, 늘 고마운 마음이다.

당시 연대장이었던 김승택 대령님께 감사드린다. 당돌하게 보일 수도 있는 나를 따뜻하게 감싸주고 이해해 준 연대장님에게 다시 한번 감사드리며 과장님들에게도 죄송하다.

사회와 군대는 크게 다르지 않다. 즉 군대생활은 사회생활의 입문 과정이라고 해도 과언이 아니며, 이는 간부든 병사든 동일하다. 다만 그 목적이 이윤이 아니라 국가방위라는 것만 조금 다를 뿐이다.

군대에서 지혜롭게 거절하는 법

명령에 복종해야 하는 것이 군인의 본분이다. 그런데 '거절'이라니, 이건 좀 아닌 것 같다. 하지만 우리가 슈퍼맨이 아닌 이상, 아무리 군인이라도 모든 것을 다 해낼 수는 없다. 이것은 솔직히 인정해야 한다. 거절하지 못하면 거기서부터 문제가 더 크게 발생한다고 생각한다. 작게는 '하는 척하기'부터 크게는 '허위보고'까지. 이젠 슈퍼맨 콤플렉스에서 빠져나와야 한다.

물론 목숨을 걸고라도 반드시 수행해야 하는 임무가 있다. 문제는 그 목숨 건 임무를 너무 많이 하달받았을 때다. 인간은 시간에 종속되어 살기 때문에 물리적으로 해내지 못할 것들이 반드시 존재한다. 그럴 때는 과감하게 위임을 건의해야 하고, 시기를 연기하여 우선순위가 높은 것부터 해나가야 하는데, 어설프게 그렇게 답변했다가는 무능력자로 낙인찍히기 쉽다. 저 사람은 일하기 싫어서 매일 핑계만 일삼는다는 오해까지 받으면 정말 난감하다.

나도 현역 시절 그런 경우가 굉장히 많았다. 그때 위임을 건의했어야 했고, 시기 조율을 건의했어야 하는데, 왠지 그렇게 하기 싫었다. 아니, 했어도 감안해 주지 않았다는 게 정확한 표현일까? 오늘 나에게 그렇게 일을 많이 지시하는 저 상관은 어제도 분명히 지시했었다. '정말 무식하기 짝이 없다'는 생각만 머릿속에 꽉 차 있었지, 그것을 잘 해결해 나가려고 하는 의지가 부족했던 것 같다.

나에게 업무를 지시하는 그 상관도 따지고 보면 누군가에게 지시를 하달받았을 확률이 매우 높다. 어쩌면 어제 그렇게 내게 많은 지시를 했던 것도 명확히 기억하고 있을 수도 있다. 하지만 어쩔 수 없기 때문에 그렇게라도 지시를 할 수도 있는 것이다. 설사 그 상관이 어제 지시한 것을 송두리째 잊어버렸다고 해도, 그것에 대해 명확히 얘기하고, 현재 어제 지시한 내용을 실시하기엔 시간이 부족하니 오늘 지시한 내용은 다음 주까지 완료하겠다거나 다른 사람에게 위임을 건의해야 한다. 어쩌면 그 상관도 그런 모습을 기대하고 있을지도 모른다.

말이 쉽지 실제는 정말 어렵다는 것을 잘 안다. 그래서 여러분에게 도움이 될 만한 조언을 전하고자 한다. 사람은 근본적으로 '보이는 것'에 약하다. 남자들이 '미인'에게 더 친절한 이유가 무엇인가? 좋은 차를 타고 다니면 더 대접받는다고 하지 않던가. 잘 입은 거지는 어디에서도 얻어먹을 수 있다고 한다. 그렇기 때문에 여러분이 현재 어떤 일 때문에 바쁘고, 현재 어떤 업무를 우선적으로 진행하고 있는지 '보이는 무언가'가 있어야 한다. 그래서 '바인더'를 제시하고자 한다. 수첩 말이다.

나는 2007년부터 수첩을 더욱 열심히 썼다. 전역하고 나서 열심히 썼다는 게 아쉽긴 하지만, 사회에서도 충분히 요긴하게 활용할 수 있었다. 즉 나의 모든 일정을 수첩에 기록하고 결과를 피드백함으로써 하나씩 성과를 이룰 수 있었는데, 기술사 공부를 하던 때도 잘 사용했다.

내 수첩에는 인생을 두고 해야 할 사명과 계획을 바탕으로 연간, 월간, 주간 계획까지 일목요연하게 정리되어 있다. 그래서 그 계획을 기준으로 해서 '거절'을 한다. 수첩을 화려하게 쓸수록 그 효과는 급상승했는데, 그렇다고 해서 너무 수첩 꾸미기에만 열중해서는 안 된다. 즉 자기만의 원칙을 잘 지키는 것이 중요하다.

군대에서든 사회에서든 상관의 지시에 토를 다는 것은 굉장히 어렵다. 하지만 그것이 명확한 근거와 기준에 의한 건의라면, 그리고 눈으로 보여진다면 그것을 괘씸하게 여길 상관은 많지 않다고 확신한다.

현재 우리 군대는 간부들을 대상으로 수첩을 보급하고 있다. 대부분 잘 사용하는 요령을 몰라서 연초에 조금 쓰다가 포기하는 경우가 많아서 안타깝다. 얼마든지 잘 활용할 수 있는데.

일을 잘 한다고 소문난 사람들의 공통점은 대부분 수첩을 쓰고 있다는 점이다. 아무리 스마트폰이 발달했다고 해도 번거로운 수첩을 꼭 들고 다니는 것은 그 이유가 있을 것이다. 상급자가 지시사항을 하달하고 있는데, 두 손으로 스마트폰을 잡고 열심히 타자를 치고 있다면 어떨까? 그것을 이해해 준다 하더라도 마침 스마트폰 배터리가 떨어졌다면? 이래저래 손으로 치는 건 번거로우니 녹음을 한다면?

사회에서도 이른바 진상손님(블랙컨슈머) 담당자들은 꼭 수첩을 들고 다닌다고 한다. 욕을 해대며 흥분한 고객 앞에서 스마트폰으로 동영상을 찍거나 녹음을 한다고 들이밀면 불난 집에 휘발유를 뿌리는 격. 절대 흥분하지 않고 공손히 수첩에 열심히 받아 적으면 아무리 흥분한 고객이라도 금방 진정한다고 한다. 전화상담 때도 '필요시 통화 내용은 저장될 수 있습니다' 하고 엄포를 놓는 것을 보면 충분히 이해가 된다.

'얼마든지 일을 주셔도 완벽하게 해낼 수 있습니다!' 하는 것은 환상이다. 그럴 수 없다. 수첩에 기록하면서 정말 일에 집중할 수 있는 시간은 몇 시간인지, 몇 시간은 쉬어야 하는지 냉정하게 판단하여 일하고, 어렵겠지만 상관에게도 동의를 구하라. 물론 공손하게 말씀드려야 한다. 그럼에도 허락을 받지 못할 수 있다. '야근을 해서라도 다 해내라'는 지시면 어쩔 수 없다. 대신 열심히 기록하는 것은 절대 포기하지 말았으면 좋겠다. 어쩌면 그 수첩이 당신을 위기에서 살릴 수 있는 유일한 단서가 될지도 모른다.

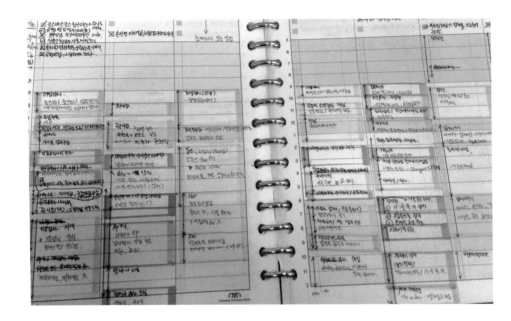

나는 시중에 나와 있는 3P바인더를 사용했다. 내가 사용한 시간들을 유형별로 색깔로 구분했으며, 거절할 때는 이 수첩을 꼭 보여 주었다. 물론 이 수첩이 만능은 아니다. 하지만 많은 효과를 보았다. 그렇다고 여러분이 나와 같은 수첩을 써야 한다고 생각지 않는다. 현재 나는 내가 개발한 양식으로 더 창의적인 수첩을 쓰고 있기 때문이다.

땡큐 레터 3. 판매병이 관리관에게 보내 온 편지

군대, 대한민국 남자라면 누구나 가야 하는 그곳. 나에게서 빼앗아 간 것을 알려 준 곳도 군대다. 군대에서는 어떤 일을 맡든 간에 제일 힘든 건 부정할 수 없는 현실이지만, 나는 너무 힘들었다. 모든 게 나에게 불리한 상황이었고, 마음도 몸도 힘든 경험을 하게 해 주었다. 첫사랑과도 이별을 경험하게 해 주었고, 군생활은 산낙지처럼 항상 몸을 비틀어지게 했다. 그런데 중요한 건 전역할 때 깨달았다는 것이다.

군대에 가면 얻는 게 없다고 하지만, 그건 군생활을 어떻게 했느냐에 따라 얻은 게 있는지 없는지 경험하게 되는 것 같다. 내 보직은 PX병으로 누가 들으면 편한 보직이라고 생각하지만, 나는 어느 PX병보다 힘들었다고 생각한다. PX 이사를 세 번이나 했고 부사수는 몸이 아픈 동생이었다. 훈련은 내가 대신 나갔다.

보통 사수가 되면 부사수가 있어서 편해지지만 내 군생활이 편해질 때 관리관님을 만나서 다시 식어가던 불에 휘발유를 부어 어느 때보다 활활 타오르게 됐다. 그때 했던 관리관님의 말씀.

"넌 전역할 때까지 이등병처럼 똑같이 해야 된다."

나는 울고 싶었다. 탈영하고 싶었다. 무더운 여름에 PX 이사를 하고 사회보다 반값인 5천만 원 이상의 물건들을 쥐가 돌아다니는 창고 안에서 일일이 확인해야 하고, 개인 정비 시간도 없이 그곳에서 일과를 마치고 막사에 들어가서 저녁 점호가 끝나면 잠을 자고 새벽에는 위병호 근무를 나가야 했다. 그게 내 군생활이었다. 따분하고 지루한 일상.

하지만 관리관님이 말씀하셨다.

"여기가 아무리 열악하고 탈영하고 싶겠지만 여기서 하는 일들을 견디고 버텨야만 사회에서 살아 남을 수 있다."

솔직히 그때는 그 현실이 너무 싫어서 귀에 안 들어왔다. 그런데 하나하나 무슨 일이 생기면 내가 그 일들을 하나씩 풀어나가고 심적으로 힘들어도 그걸 해결해 나가는 내 자신을 보고 희열을 느끼게 되었다.

결국에 6·25전쟁 건물에서 세 번의 이사를 거치고 백골사단에서 제일 좋은 PX를 만들고 전역을 하게 됐다.

모든 남자들은 사회생활을 경험하기 이전에 군대라는 곳에서 2년이라는 시간을 보내지만, 어느 회사에 들어가든 인턴 기간이 있듯이 군대라는 곳도 내가 앞으로 살아가야 하는 대한민국 사회에 인턴 생활을 하는 곳이라고 생각한다. 힘들어도 참아 내야 하고 힘들어도 도망가지 않고 부딪쳐 볼 수 있는 곳이 군대다. 철없이 살아온 이전 시간들을 생각하며 군에 입대하고 주어진 업무와 최선을 다해 군생활을 한다면 그 시간들이 헛되어 돌아오지 않을 것이다.

나에게 빼앗아 간 사랑과 고생을 안겨 준 군대라는 곳, 밉기도 하지만 인내심과 끈기와 상처받은 마음을 어떻게 다스려야 하는지 알려 준 군대가 고맙다.

마지막으로 관리관님이 말씀해 주신 "전역하면 Welcome to Hell", 뼈저리게 느끼게 됐다. 첫 인턴생활을 열심히 한다면 "Welcome to Heaven"이 될 수 있을 것이다.

이 편지의 주인공은 앞서 소개한 이기훈 병장의 선임인 송태훈 병장이다. 내가 본 판매병 중에 '처세'에 가장 능한 스마트한 친구였다. 편지에 언급되어 있듯 그 마트는 굉장히 열악한 곳이었다. 마트 리모델링 공사 때문에 이사를 세 번이나 했고, 덕분에 가장 탈영하고 싶어했던 판매병이다. 정말 이상한 것은 송태훈 병장에게 유독 힘든 상황이 많이 발생했다는 점이다. 마트 이사를 세 번 했다는 것은 엄청난 일이다. 다른 판매병들은 한 번도 경험하기 힘든 일이었으니 그 마음 충분히 이해한다.

후임병을 눈빠지게 기다렸는데, 배정된 후임병은 셈이 느리고 허리가 아픈 이등병. 일을 맡기자니 속도가 따라오지 못하고, 후임한테 미루고 마트에서 농땡이 좀 부릴까 했다가 세 곱절로 일이 꼬여버린 슬픈 주인공. '처세'에 능했기 때문에 내 앞에서만 일을 하는 척하는 게 아닌가 긴장했다. 초반에 약간 그런 낌새가 보여 "넌 전역할 때까지 이등병처럼 해야 한다"고 말했다. 당황해하던 그 눈빛이 웃음과 함께 떠오른다.

초반의 우려와는 다르게 송태훈 병장은 맡은 임무를 충실하게 해냈다. 절대 타협하지 않는 관리관을 만나 모든 걸 포기했던 것 같다. 하지만 이 친구도 서서히 어떤 즐거움을 찾아가는 것이 분명히 보였고, 가장 솔직한 이야기를 많이 나눈 유능한 친구다. 영업 쪽에 타고난 재능이 있는 것 같았고, 전역 이후에도 자신의 인생을 잘 개척할 수 있을 거라 확신했던 송태훈 병장은 국내 굴지의 통신회사에 입사한 후 관련 직종의 사장님 면모를 유감없이 발휘하고 있다.

마트 리모델링 공사는 정말 고된 일이다. 안에 있는 물품들을 모두 빼내었다가 공사 후 다시 정리해야 하는 고된 일을 송태훈 병장은 무려 세 번이나 겪었다.

군인 아내에게만 알려 주고 싶은 비밀

내가 여군을 싫어했던 이유

 "방 하사, 힘들 텐데 잠깐이라도 전투화 벗고 발 마사지 좀 해요."

"아닙니다. 병사들 물집 좀 봐 줘야 할 것 같습니다. 개의치 마십시오."

달랐다. 이 사람은 분명히 달랐다. 내가 평소에 알고 있던, 아니 고정되어 있던 여군 모습이 아니었다. 본인도 힘들 텐데 병사들 물집을 봐 줘야 한다니….

2005년 늦가을, 유격훈련을 마치고 복귀하고 있던 중이었다. 유격훈련은 훈련과정도 힘들지만 가장 절정은 '행군'이다. 시작할 때도 행군으로 힘을 쏙 빼놓더니 마무리도 행군이란다. 이미 지칠 대로 지친 몸을 이끌고 장거리 산악 행군을 한다는 것은 유격훈련 내내 머릿속에 부담으로 남아 있기도 한다.

그 행군이 막바지에 다다른 지점, 부대를 몇 킬로미터 남겨 둔 곳에서 같이 행군을 한 의무담당관. 자신의 전투화는 풀어보지도 않고 병사들 물집을 치료해 주러 여기저기 다니는 모습이 신선한 충격으로 다가왔다.

'이 정도 사람이면 평생을 같이 해도 되겠다.'

유격 행군에 무척 지쳐 있었지만 나는 설명할 수 없는 묘한 확신이 들었다. 바로 이 상황이 아내와 결혼하게 된 결정적 사건이다. 이런 배려심이라면 다른 건 볼 것도 없었다.

나는 여군이 왜 있어야 하는지 의문을 갖고 있었다. 대표적인 '여군 안티맨'이었다고 할까. 오죽하면 부대에서 '여군안티협회' 회장이냐고 묻기도 했다. 부회장은 나의 강력한 지지자 양 하사였다. 아이러니한 건 회장과 부회장 모두 군인을 아내로 맞이한 것이다. "어떻게 여군하고 결혼할 수 있습니까?" 하고 황당해하던 양 하사도 결국 같았다.

여군으로만 이루어진 부대가 있다면 이야기가 달라질 수 있을까? 여군은 남성이 대부분인 조직에 한두 명 혹은 최소 규모만 배치되기 때문에 늘 꽃처럼 행동하는 것 같았고, 그런 대우를 당연히 요구하는 것으로 보였다. 또 여군은 아무리 초임이라도 정확한 시간에 퇴근했고, 회식에도 선약이 있다면서 당당히 불참했다. 업무적인 면에서도 뭔가 악바리 근성이 부족해 보였다.

그런데다 자기 일을 병사나 후임들에게 던져 버리는 경우가 많고, 미흡한 점을 지적하거나 지도를 하려고 하면 눈물을 보이기도 했다. 이곳이 군대인지 일반 회사인지 구분하지 못하는 것 같고, 철저히 의존적이며 맺고 끊음이 불분명해 보였다. 병사들도 여군에 대해

상급자로서 긴장하면서 업무를 처리하는 것이 아니라, 대충 엉기고 만만하게 보는 경향이 있다. 권위적인 부분에서는 여군들의 상하관계가 훨씬 더 엄격했다. 결국 자신의 책임을 다하는 것보다 권리만 주장하는 것으로 보였다.

이 글을 여군들이 보면 "도대체 무슨 말을 하는 거야?" 하고 화를 낼 것이다. 맞다. 이 글은 매우 편협하고 단편적이며 총각 때 내 개인적인 생각일 뿐이다. 비단 여군뿐 아니라 남군도 이런 성향을 가진 사람은 부지기수다. 지금은 군인을 아내로 둔 남편으로서 여군이 처한 상황을 가장 안타까워하는 사람이다.

사실 아내는 유격훈련 복귀 훨씬 전부터 알고 있었다. 교육장교 시절이었을 거다. 여군에 대한 감정이 좋지 않았던 때라 부대에 여군이 새로 들어왔다는 것만 알았을 뿐, 전혀 관심 없었다. 지나치면서 보긴 했는데 단아하고 조용한 이미지였다. 저 친구는 앞으로 어떤 모습을 보여 줄까, 곱지 않은 시선을 갖고 있었다. 물론 그와는 반대여서 굉장히 의외이긴 했다. 사단 전체에서 의무분야 우수부대로 선정되기도 하고 족구를 할 때 같이 어울리기도 했지만, 일부를 보고 전체를 판단하는 '성급한 일반화의 오류'를 나는 여전히 고수하고 있었다.

군인을 아내로 둔 남편의 입장에서 다시 생각해 본다. 남자가 주가 되는 조직에서 여자가 일을 하고 있기 때문에 상대적으로 불이익을 받을 확률이 높아 보인다. 비교적 나이가 어린 여군의 경우는 더욱 그렇다. 특히 며칠씩 나가야 하는 야외훈련 때 기초적인 생리현상에

유격 행군 복귀 직후 끈질기게 아내를 쫓아다녔다. 그때부터 6개월 뒤에 결혼식을 하게 되었는데, 굉장히 빠른 진행이었다. 이 사진은 한창 아내와 사귈 때 부대에서 찍은 것이다. 아내는 지금도 크게 달라진 것이 없는데 나는 굉장히 많이 변했다. 부럽다.

대한 압박이 심하다. 그래서 하루 종일 물을 먹지 않는 여군을 본 적이 있다. 물론 화장실 등 따로 시설을 마련해 주기도 하지만 편하지는 않을 것이다. 또 낯선 곳에서 혼자 생활하는 경우 회식을 편하게 하기도 좀 거북스럽다.

업무량도 여군이라고 봐주지 않는다. 아내는 일주일에 3일간 당직근무를 수행할 때도 있다. 당직근무 후 퇴근이라도 자유롭게 하면 다행이다. 과중한 업무로 인해 퇴근도 제대로 못한다. 게다가 24박 25일 야외훈련을 나간다. 정말이지 과로로 쓰러지지 않을까 싶다. 명절도 예외가 없다.

'직장인'으로서의 군인만을 생각한다면 이 정도에서 그만두는 것이 나을 것이다. 군인 아내를 둔 가족으로서 고백하자면 군인 가족들이 대단한 거다. 주변에 아는 사람도 없다. 맥주 한잔 기울이며 이야기 나눌 수 있는 친구는 꿈도 꾸지 않는 게 낫다. 그래서 외롭다. 내가 현역 시절에도 스트레스를 이기지 못해 정신질환까지 앓고 있는 군인 가족을 본 적이 있다. 걸핏하면 야근에, 당직에, 그리고 집에 오면 자기 바쁘다. 내 마음대로 할 수 있는 시간이 거의 없다.

언젠가 북한에서 귀순한 여군 상사를 본 적이 있다. 부대를 방문하여 정신교육을 했는데, 깜짝 놀란 건 정말 미인이었던 것이다. 북한은 여군으로만 이루어진 전투부대가 있는데, 그녀는 박격포 부대 상사였다. 상상할 수도 없었다. 60킬로그램이 넘는 박격포 포판을 메고 산을 오르내렸다고 한다.

"남한에 내려와서 군인들을 보니 덩치도 크고 체력도 좋아 보인다.

북한군보다 훨씬 크다. 부대시설, 지급되는 식사도 비교할 수 없을 정도로 좋다. 그런데 꼭 드릴 말씀이 있다."

도대체 무슨 말을 하려는 걸까?

"모든 면에서 남한이 우수하다. 병사들의 덩치뿐 아니라 각종 무기, 시설, 보급품 등은 비교할 수 없을 정도로 월등하지만, 딱 한 가지 북한군이 뛰어난 것이 있다. 그것은 정신상태. 북한군은 세뇌에 가까울 정도로 정신무장을 한다. 오히려 전쟁이 나길 기다린다. 이래도 저래도 어려운 입장이라, 전쟁 나서 남한으로 내려와 좋은 시계도 한번 차보고, 실컷 먹어도 보고, 여자도 보자는 것이다. 이제 남한이 잘 살고 있다는 것은 북한에서 더 이상 비밀이 아니다."

매우 조심스럽게, 하지만 단호하게 말하는 그 여군 상사의 말에 공감이 갔다. 죽자고 덤비는 적은 쉽게 상대할 수가 없다.

어떤 분은 여자도 이스라엘처럼 의무적으로 군대에 가야 한다고 주장한다. 그런데 나는 조금 다르게 본다. 여자가 의무적으로 군대를 가느냐 마느냐는 2차적인 문제다. 중요한 것은 그 주장이 남자들의 쓸데없는 피해의식에서 나온 게 아니냐는 거다. 만일 여자도 군대를 의무로 간다면 그렇게 주장하는 이들처럼 군대생활 할 것 같은가? 우리나라 여자들 정말 세다. 어느 나라에도 뒤지지 않을 만큼 강하다. 대한민국 여군들, 남군에 뒤지지 않는다. 묵묵히 맡은 바 소임을 다하고 있는 여군들에게 뜨거운 응원을 보내며, 아울러 어려운 여건 속에서도 가족을 위해 헌신하는 군인 가족 여러분이 진정한 챔피언이라고 확신한다.

2005. 3. 4. 14 : 44

군생활 4년 만에 처음으로 재택근무(?)를 했다. 부대 프린터가 고장나 대대장에게 양해를 구하고 집에 와서 작업을 했다.
오늘 눈이 무척 많이 내렸다. 부대에서 나올 때 허벅지를 넘었으니까 지금은 배꼽까지 오지 않을까 싶다. 문득 떠오르는 것이 있어 적어 두었다.

군대 와서 좋아진 것

- 엄마가 차려주시는 밥(군대 갔다 온 남자만이 알 수 있다.)
- 여가수들이 춤추며 부르는 가요(옛날에는 유치하다고 생각했는데…)
- 라면(원래 좋아했지만 더 좋아한다.)
- 낮술(이건 군대 와 본 사람만 안다.)
- 샤워, 목욕탕(훈련 나가면 이 생각만 난다.)
- 가볍고 따뜻한 옷(전투복은 무겁고 추워서.)
- 금강고속버스(강원도의 왕자. 택시기사들도 인정하는 유일한 버스. 이 차가 스포츠카를 추월하는 것 보고 깊이 감명받았다.)
- 스포츠머리(나는 이 머리 스타일이 가장 어울린다.)
- 시장가는 것(일주일의 피로를 이마트나 재래시장 가는 것으로 풀어 버린다. 알고 보니 아버지도 시장 가시는 걸 좋아하신다.)

군대 와서 싫어진 것

- 초록색, 얼룩무늬(자동차, 옷, 신발, 수첩 등 녹색 계통을 싫어함.)
- 산(우리나라에 산이 이렇게 많은지 훈련소에서 몸소 체험함.)
- 바다(누누이 생각하지만 바다는 보라고 있는 것임.)
- 눈(지긋지긋하다. 꼭 주말에만 눈이 왔었다.)
- 비(태풍 루사, 평생 잊지 못할 것이다. 하늘에서 내리는 비를 맞고 아프다
  는 생각이 들었다. 사실 요즘도 비가 오면 겁부터 난다.)
- 당직근무(군인들이 빨리 늙는 이유 중 한 가지는 바로 당직이다. 최소한
  전방부대에서 당직은 막중한 책임을 가지고 임해야 한다. 정말 10년은
  늙어 버린다.)
- 삼겹살(회식 때 단골메뉴다.)
- 회(너무 많이 먹어서 질렸다.)
- 군인을 비아냥대는 군대 안 갔다 온 사람들(단언하는데 전쟁의 승패는
  장비가 아니라 군인정신이다. 즉 사기다. 군의 사기를 떨어뜨리는 사람들
  모두 최전방으로 보내야 한다.)

JOB이냐 CALLING이냐

군인은 사명감이 투철해야 한다. '사명'의 사전적 의미는 '주어진 임무'다. 그래서 사명감이라는 단어를 의역하면 임무를 가진 느낌, 임무를 가진 자의 마음가짐 정도로 해석하면 좋을 것 같다.

JOB이냐 CALLING이냐는 화두는《바인더의 힘》에서 강규형 대표가 알려준 개념이다.

'프로'와 '아마추어'를 구분 짓는 가장 큰 잣대는 '사명감'이다. 주어진 일만 잘 하는 사람은 많다. 그러나 그것은 분명 한계점이 있다. 예를 들어 사격을 잘 하는 사람이 있다고 하자. 단순히 사격을 잘 하는 것은 좋은데 그 총구가 어디를 향하느냐는 사명감의 문제다. 화장실 청소를 잘 하는 사람이 있다고 하자. 그러나 기분이나 급여에 따라 수시로 옮겨 다닌다면 누가 신임하겠는가. 이처럼 사명감을 가지고 있느냐 없느냐는 가볍게 볼 문제가 아니다.

그럼 어떤 사명을 어떻게 만들어야 하는가. 우선 깊게 꾸준히 고민해 봐야 한다. 그리고 책의 도움을 받는 것도 좋은 방법이다. 《하버드 스타일》이란 책을 읽다가 "나는 무엇을 하든 더 많은 사람들이 더 나은 삶을 사는 데 기여할 수 있는 일을 하고 싶다"는 문장을 발견했다. 나는 이에 빗대어 나의 사명에 대해 이렇게 정의를 내려보았다.

"나는 군인이 된 것을 자랑스러워하고, 군인이었던 것에 자부심을 느끼며, 군인이 사회에서도 존경받을 수 있도록 실력을 키우게 하는 데 기여하고 싶다."

그러자 내가 해야 할 것들이 눈에 보이기 시작했다. 지금 이 책도 그 중의 하나다. 앞뒤 안 가리고 생업에 뛰어들었을 땐 분명히 JOB의 개념으로 접근했다. '먹고 사는 것' 외엔 어떤 것도 생각할 수 없었다. 아무 일자리라도 있기를 바랐다. 여러분도 당시 나와 같은 상황이라면 그렇게 해도 된다. 어디서든 반드시 길은 나오기 마련이니까.

그런데 어느 정도 궤도에 오르자 자꾸 의문점이 들기 시작했다. '내가 죽기 전까지 해야 할 일이 대체 무엇일까?' 등에 술상자를 지고 나르며 생각했다. 그때는 이미 다른 생각을 하면서 일을 할 수 있을 정도로 일이 몸에 배어 있었던 것이다.

경영학의 아버지 피터 드러커는 《성과를 향한 도전》에서 이렇게 말했다.

"성과를 올리기 위해서는 공헌에 초점을 맞추어야 한다. 업무로부터 눈을 돌려 목표에 눈을 맞춰야 하는 것이다. '조직의 성과에 영향을 주는 기여는 무엇인가'를 스스로 묻지 않으면 안 된다. 즉 스스로의 책임을 중심에 놓아야 한다."

자신의 사명감을 설정하는 데 있어 '기여, 공헌'이라는 단어는 핵심이다. 그러면 훨씬 더 쉬워진다. 또한 사명감은 '꿈'이라는 단어로 대체할 수 있다. 당신이 죽기 전까지 반드시 하고 싶은 '꿈'이 무엇이냐는 말이다.

흔히들 '꿈을 크게 가지라' 한다. 그런데 이 말은 반은 맞고 반은 틀리다. 우리는 '꿈'이라고 하면 의사, 변호사, 군인, 대통령 등 무언가 될 것에 대한 희망을 품는다. 명백히 그건 꿈이 아니다. 꿈을 이루기 위한 수단일 뿐. 꿈을 크게 가지라는 것은 그 이상을 의미한다. 어떤 일을 하더라도 그 꿈을 이룰 수 있을 정도의 큰 개념이어야 한다.

영원히 군복을 입고 있을 것 같아도 때가 되면 반드시 전역한다. 당신의 꿈이 군인이었다면 군복을 벗는 순간 꿈이 깨지는 것이라는 말이다. 군복을 벗고 나서도 할 수 있는 원대한 사명을 가져야 한다.

기독교에서는 삶의 목적에 대해 가르칠 때 '하느님을 영화롭게 하는 삶'에 대해 강조한다. 어떤 일을 하든지, 어떤 상황에 있든지 그분을 영화롭게 한다는 개념이 삶의 어려움 속에서도 힘을 주는 원동력이 된다. 여러분의 삶에 꺼지지 않는 에너지를 가지기 위해서도 '사명'에 대한 설정은 반드시 필요하다. 특히 군인들은 필수라고 생각한다.

'사명감'이 없다면 흔들리는 일이 너무 많다. 그게 없다면 포기할 수밖에 없는 상황이 너무 많으니까. 아무리 "검이 짧으면 일보 전진하고, 조건이 불비하면 노력을 배가하라"고 외쳐도 사명감이 없다면 절대 움직이지 않을 테니까.

군납 트럭기사를 하면서는 군인들의 복지를 위해 열심히 뛰는 내 모습이 좋았다. 그동안 너무 미안해서 더 열심히 뛰었다. 생계를 유지할 수 있었고, 장병들에게도 맛있는 먹거리를 제공할 수 있으니 보람도 있었다. 그리고 국군복지단에 입사해서는 조금 더 발전시킬 수 있었다. 막연했던 즐거움을 명확하게 사명으로 설정했고, 그 사명으로 여러 가지 일들을 벌여 나가기 시작했다.

주변에서는 '이상한 놈' 취급을 했지만 흔들리지 않았다. 계속 실패했지만 포기하지 않았다. 나를 지지해 주는 분들조차 '이제 그만하라'며 만류했다. 그래도 안 되니 급기야 '나는 거기서 좀 빼줘'라고 했다.

지금 부담을 무릅쓰고 이렇게 말하는 이유는 사회든 군대든 사명감을 가지고 일하는 것과 아닌 것의 차이를 말하고 싶어서다. 사람이니까 넘어질 수도 있고 실패할 수도 있지만, 사명감을 가지면 다시 일어설 수 있다. 어쩔 수 없이 끌려왔다고 생각하는 이 군대에서 가장 먼저 할 것은 사명감의 설정이다. 살면서 이 세상에 어떻게 공헌할 것인지를 진지하게 고민하고 정한다면 21개월의 군생활은 결코 손해 보는 것이 아니다. 여러분이 전역해서 어떤 일을 하든 어떤 어려운 상황에 처하든 절대 포기하지 않을 것이기 때문이다. 그래서 기업들도 사명감이 투철한 직원을 찾는다. JOB(일)을 잘하는 직원은 많다. 이 회사에 온 것을 CALLING(부르심)으로 여기고 일하는 사람은 많지 않다는 것이다.

군생활을 하면서 사명을 설정하는 것은 어쩌면 아들을 군에 보내고 마음 졸이며 계시는 부모님에 대한 효도의 첫걸음일 수도 있다.

2005. 10. 12. 19 : 28

전역을 한다고 엄청나게 판타스틱한 세상이 기다리고 있을 거라고 생각해 본 적은 없다. 오히려 더 힘들고 나 같은 경우는 또래에 비해 불리한 입장에서 시작해야 하는 리스크도 감수해야 한다.

흔히들 이렇게 말한다.

"왜 전역하려고 해요? 군대가 편한데…."

"밖에 나오면 힘들어요. 그냥 말뚝 박아요."

물론 군이 더 쉬운 면도 있다. 어쩌면 사람들 말대로 가장 편한 집단일 수도 있다. 내 신분이 분명히 보장되는 데다가 남아 있을 수 있다면 사회보다 훨씬 메리트가 많다.

그러나 사람들은 중요한 것을 망각하고 있는 것 같다. 지갑에 돈이 많으면 별로 배가 고프지 않지만 돈이 없을 땐 무척 배가 고프다. 돈을 아끼려고 천원짜리 점심을 사 먹는 사람과 돈이 없어서 천원짜리 점심을 사 먹는 사람은 근본이 다르며 느끼는 맛도 다르다.

자유라는 것이 넘쳐날 땐 자유를 갈급하지 않는다. 사람들에게 하루에 8시간씩 다른 옷은 입지 말고 얼룩무늬 전투복을 입으라고 하면 어떤 반응을 보일까?

다른 헤어스타일은 금물! 반드시 스포츠형으로 머리를 자르라면 어떤 반응을 할까?

자신이 있는 위치에서 30킬로미터 이내에서만 움직이고 그 이상 벗어날 때는 반드시 신고하라면 어떤 반응을 보일 것이며, 어느 날 술 먹고 상사에게 대들었을 때 다음 날 감방에서 하늘을 보고 있다면 어떤 반응을 보일까?

육군 대위 월급, 결코 적은 것은 아니다. 아니, 직업군인들의 월급은 결코 적지 않다. 나라에서 보장해 주는 여러 혜택과 복지를 감안할 때 사회의 어느 집단보다 뒤지지 않는다.

그 월급과 혜택을 받기 위해 나는 죽기 직전까지 걸어 본 적도 있고 몇 번 죽을 고비도 넘겼다. 훈련 중 너무 추워 동상에 걸린 적도 있으며, 다음 날 아침 전투화가 꽁꽁 얼어 신발 신기가 두려웠던 적도 많다.

때로는 너무 더워서 쓰러져 가는 병사들을 다독거리며 다그친 적도 많고, 어디서 산불이 날지 몰라 몇날 며칠 영내에서 대기한 적도 많다. 비가 오면 비가 오는 대로, 눈이 오면 눈이 오는 대로.

군인이 편하게 지낸다면 국민들은 불편해할 것이다. 그런데 편한 기준이 무엇일까. 단순히 월급이나 복지를 두고 말한다면 당장 그 사람과 직업을 바꾸고 싶다. .

사회든 군대든 어느 집단이든 완벽히 편하거나 완벽히 힘든 집단은 없다고 본다. 어차피 이 세상은 완전하지 않고 완벽한 인간은 없기 때문이다.

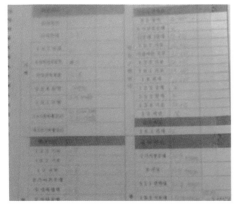

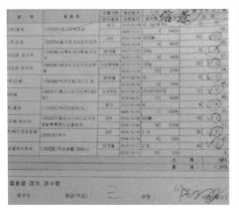

군납 트럭기사를 할 때 모든 문서들을 '바인더'화해서 관리했다. 조금 더 효율적으로 빠른 시간에 정확하게 배송하기 위해 많이 고심한 흔적이 보인다. 배송을 완료한 송증에는 반드시 '신의'라는 글자가 찍힌 도장을 찍음으로써 다시 한 번 확인했다.(왼쪽 아래 사진) '신의'는 '믿음과 의리'라는 뜻으로 현역 시절 정 상사와 항상 함께 외쳤던 단어다. 그 두 글자가 힘든 시절을 잘 이겨낼 수 있는 원동력이 되었다. 남들이 보기에 불필요한 행동일 수도 있는 이런 것들이 후에 엄청난 신용으로 되돌아오는 것을 분명히 체험했다. 비록 '막노동'이었지만 그곳에서도 얼마든지 차별화할 것들은 많았다.

권위와 권위주의의 차이

"어우, 저 녀석을 그냥!"

속이 부글부글 끓어올랐다. 사회에서 만났다면 상대도 안 했을 텐데 선임이어서…. 계급장 떼고 한판 붙어볼까?

군대에서 흔히 겪는 일이다. 군대는 계급사회이기 때문에 나이나 배경은 전혀 고려되지 않는다. 똑같은 옷에 똑같은 식사, 똑같은 차를 타고 다닌다. 오로지 입대 순이다. "야, 억울하면 너도 빨리 입대하지 그랬냐?" 하는 고참 말을 속으로 삭힌다. 병사든 간부든 이런 상황은 동일하게 벌어진다. 그럼 사회는 어떤가? 결론은 훨씬 심하다.

군대가 입대 순으로 서열이 매겨진다면, 사회는 경제력으로 매겨진다. 역시 나이는 전혀 고려되지 않는다. '갑의 횡포'라는 말 많이 들어봤을 것이다. 사회적으로 큰 문제가 되었던 굵직굵직한 사건들을 기억할 것이다. 물론 경제적인 서열에서 예외가 되는 경우는 공무원이 대표적이긴 한데, 퇴직하면 다 끝난다.

이야기하고 싶은 것은, 아무리 보기 싫은 고참이라도 '역시' 고참인 경우가 있다는 것이다. 이를테면 '짬밥을 무시해선 안 된다.' 일을 처리하거나 임기응변으로 대처해 나가는 모습을 보면 '짬밥 대우'라는 말이 괜히 생긴 게 아니다.

군대는 '근무' 한다고 하지 않고 '복무' 한다고 한다. 그 차이점은 복무는 '내 의견과는 상관없다' 는 뜻이 내포되어 있다. 일종의 '복종' 이라고 볼 수 있다. 즉 복종하는 근무가 '복무' 라는 뜻이다. 20대 초반의 건장한 남자들이 듣기엔 거북스럽다. 하지만 군대는 명백히 복종이 근간이 되는 조직이다. 부모 품을 떠나 처음으로 소속된 조직이 '복종' 하는 조직이다. 낯설다. 뭔가 잘못된 기분이지만 그냥 해야 할 것 같은 분위기다.

복종 대상이 합당한 권위가 있는 사람이라면 납득이 간다. 그런데 도저히 그럴 수 없는 경우, 죽으면 죽었지 그렇게 못하겠어도 '그냥 해 보라' 는 말을 해 주고 싶다. 복종은 비굴한 것이 아니다. 아부나 아첨은 당연히 비굴하다. 거기엔 거짓이 포함되어 있기 때문이다. 즉 '나는 너를 싫어하지만 목적 달성을 위해서 알랑거린다' 는 뜻이다. 하지만 복종은 절대 그렇지 않다. 복종에는 거짓이 들어가지 않는다. 복종은 '미덕' 이라고까지 표현한다. 잘 구분했으면 좋겠다.

권위라는 것은 세워지는 것이다. 스스로 권위를 세우고자 하면 '권위주의자' 일 확률이 높으며, 지속되지도 않는다. 즉 아랫사람으로서 큰 의무 중의 하나는 윗사람의 권위를 세워 주는 것이 중요하다는 말이다. 그렇게 해 봐야 아랫사람으로부터 권위를 세움 받는 경험도 제대로 할 수 있다. 다시 말하면 나의 복종이 '권위'의 근거가 된다는 뜻이다. 그렇다고 오해하지는 마라. 폭언, 폭설, 폭행, 가혹행위를 자행하는 상관을 세워 줄 필요는 없다. 신속히 차상급자에게 보고하는 것이 상책이다.

권위는 반드시 있어야 한다. 당연히 '권위주의자'가 되어서는 안 되지만, 그렇다고 권위 자체가 터부시되거나 무시당해서는 곤란하다. 아버지는 아버지로서의 권위가 있고, 군인은 군인으로서의 권위가 있어야 한다.

어찌됐건 간부든 병사든 상관없다. 군인이라면 당연히 윗사람의 권위를 세워 주어야 한다. 권위를 받을 만한 사람이건 아니건 상관없다. 그건 다른 사람이 판단해 줄 것이다. 중요한 것은 나 스스로의 자세다. 철저하게 연습해 봐야 한다는 말이다. 그런 점에서 군대야말로 최고의 훈련장이다.

백수 시절, 믿고 기다려 준 보험회사 선배님이 있었다. 언제든지 보험회사에 들어오라고 권유했고, 계속해서 공부하겠다는 나를 그래도 기다려 준 고마운 분이다.

"현수야, 인정과 이해의 차이점이 뭔지 아냐?"

"아뇨. 잘 모르겠는데요."

"너는 가만 보면 이해가 되어야 인정을 하는 경향이 있어. 나쁜 건 아니야. 하지만 스스로를 너무 작은 그릇으로 만들 수도 있단다."

"예? 무슨 말씀이에요?"

"살다보면 이해가 되는 사람보다는 이해가 되지 않는 사람이 훨씬 많다. 그럴 경우 해결책은 먼저 인정해야 하는 거야. 예를 들면 아버지가 도저히 이해가 안 된단 말이지, 그렇다고 해서 아버지가 아버지가 아닌 건 아니잖냐."

"예, 그렇죠."

"그럴 땐 그냥 아버지로 '인정'하는 것이 중요해. 먼저 '인징'한 다음에 '이해'를 하려고 하면 훨씬 더 스트레스를 적게 받는단다."

굉장히 깊이 있는 조언이라고 생각한다. 내 눈앞에 보기 싫은 선임을 일단 인정해 보라. 그 다음에 이해해 보면 정말 생각이 많이 달라진다. 인정한 것과 인정하지 않는 것의 차이가 얼마나 큰지 경험해 보라고 권하고 싶다. 그 사람의 좋고 나쁨은 조금 나중으로 미뤄 놓는 것도 나쁘지 않다. 중요한 건 나 자신이다. 일단 스트레스를 덜 받아야 하고, 자신이 더 성숙해져야 하는 게 더 중요한 거 아닌가.

막 이등병으로 전입 온 병사가 있었다. 잘 알겠지만 정말 어리버리했다. 바로 옆 포대 병장에게 '아저씨' 하면서 부르는데 깜짝 놀랐다. 지나가다 우연히 그 광경을 목격한 나는 그날 저녁 일석점호 때 병사들에게 이렇게 말했다.

"여러분은 왜 옆 포대 전우들에게 '아저씨'라는 호칭을 사용하는가?"

"예, 병사들은 원래 그럽니다. 직속 선임에게만 호칭과 어법을 군대식으로 사용합니다."

"그런 게 어디 있어? 계급장에 따라 경례를 해야 하는 것 아닌가?"

"전포대장님은 간부라서 잘 모르시는 겁니다. 병사들은 그렇게 합니다."

"여러분 논리대로라면 나도 기차역에서 지나가는 대령님에게 경례도 안 하고 민간인처럼 말해도 되는 건가? 직속 상관도 아닌데 내가 예의를 차릴 필요가 없지 않은가?"

말이 안 통한다는 듯 병사들의 답답해하던 표정이 아직도 눈에 선하다. 우연인지 필연인지 그 일이 있은 후 얼마 되지 않아 '분대건제유지'라는 지침이 하달되었다. 이에 따라 병사들은 평시엔 직속 관계끼리만 경례하고 인접 부대 병사들끼리는 '전우님'이라는 호칭을 쓰도록 했던 것으로 기억한다. 물론 그 후에도 '아저씨'라고 하다가 걸린 병사들도 있었지만.

내 생각에는 병사들도 자랑스럽게 전투복을 입고 길거리를 다니더라도 상호 경례를 했으면 좋겠다. 그러나 그러한 지침이 내려온 것에는 필시 타당한 이유가 있을 것이다. 바로 이때 내 생각은 접고 복종한다.

사회에 나오면 훨씬 더 비굴해야 할 일들이 많다. 군대에서 경험하는 복종은 아무것도 아니다.

단순히 장비가 좋다고, 무기가 좋다고, 체력이 좋다고 전쟁에서 승리한다고 생각하지 않는다. 그에 앞서 선행되어야 할 것은 군인들의 '사기'다. 아랫사람은 윗사람의 권위를 세우고 윗사람은 그들을 위해 헌신하는 모습이 가장 중요하다 '이해'가 안 된다고 해서 '인정'하지 않으면 안 된다. 그것은 비단 군대에서만 적용되는 것이 아니다.

요즘 교권이 땅에 떨어졌다고 한다. 정년퇴직하는 교사 숫자를 명예퇴직하는 분들이 추월한 것은 이미 오래전 일이다. 앞에서 나는 학교에 '직장인'이 많은 것 같다고 했다. 하지만 그것은 어디까지나 시골 초등학교 방과 후 교사를 해 본 경험으로 한 말이다. 전체를 비판할 자격도 안 되고 능력도 없다. 다만 정말 걱정스러운 부분은 그 아이들이 그대로 군대에 온다는 점이다.

과거 교사의 권위는 하늘을 찔렀다. 나도 이른바 강남 8학군 출신이다. 대한민국에서 가장 부자 동네 중 한 곳에서 고등학교를 졸업했지만, 그 동네에서도 교사의 권위는 하늘 높은 줄 몰랐었다. 매를 맞아도 대들거나 함부로 하지 못했다. 부모들은 서운했을지 몰라도 자식을 먼저 탓했다. 당연히 사랑의 매였다고 확신한다.

갈수록 군대가 겪어야 할 부담은 늘어날 것으로 보인다. '스승의 권위'를 무시하는 학생들이 병사가 되고 간부가 될 터인데, 그것은 복종이 근간이 되는 우리 군대에서 풀어나가야 할 어려운 숙제 같다.

2008. 4. 4. 금 12 : 31

인정과 이해의 차이….

흑백이 아닌 회색에 대하여….

전역하고 나서 사회를 유심히 관찰했다. 나는 그동안 군인이 아니었다고 아무리 우겨도 난 군인이었다. 대체 사회가 무엇인가? 대인관계에서의 핵심은 무엇인가?

1. 인정과 이해는 다르다

그동안 나는 사람을 대함에 있어 이해를 우선시했다. 이해가 바탕이 되어야 인정할 수 있고 이해가 되지 않으면 죽어도 인정할 수 없었다. 그러니 당연히 표정관리가 안 되고 내 감정을 그대로 표출하여 상대방에게 약점을 노출시키는 우를 범했던 게 아닌가 싶다. 특히 가족관계에서는 '인정'이 반드시 선행되어야 한다. '이해'가 앞서는 순간부터 금이가고 서로 상처받는 건 피할 수 없었다.

'저 사람은 내 아내니까. 저 사람은 내 형님이니까'라는 인정 속에서 그 다음에 이해가 들어가야 하고, 설령 그 이해가 성립되지 않더라도 가족은 인정이 우선되어야 한다. 즉 가족은 '이해관계'가 아닌 '인정관계'다. 예를 들어 '저렇게 잠이 많은 사람이 내 아내라니….'

'저렇게 말을 막는 사람이 내 삼촌이라니….'

이렇게 나가기 시작하면 밑도 끝도 없는 나락으로 추락했다.

입장을 바꾸어 나는 상대방으로 하여금 그렇게 이해가 잘 되는 사람인가? 많은 사람들이 날 봤을 때 그렇게 보편타당한 사람이던가?

아마 많은 사람들이 나를 먼저 '인정' 해 주었고, 그 다음에 이해해 주었을 거다. '이해' 가 안 되더라도 우선 '인정' 을 했을 거다. 그것에 가장 가까운 것이 '오래된 친구'다. 수십 년간 같이 지내온 친구가 어느 날 술 먹고 실수를 해도 '인정' 을 바탕으로 믿고 '이해' 하지 않던가?

2. 흑색과 백색이 아닌 회색에 대한 인정

얼마 전 초등학생 납치 살해범 입에서 이런 말이 나왔다.

"그러게 왜 내 눈에 띄었는지 모르겠다."

"그때 반항만 하지 않았으면 죽이지 않았을 거다."

결론은 자기 잘못은 없다는 거다. 그는 살인이라는 명백한 범죄로 사회적 지탄을 받지만, 저런 극단적 이기주의와 자기중심적인 사고를 가진 사람이 정말 많다는 거다. 굳이 법의 잣대로 들이대지 않는 이상, 아니 들이댄다고 하더라도 자기 잘못은 전혀 없다는 사람이 정말 많은 것 같다. 보편타당한 가치관으로 그 사람을 봤을 때 상대방을 시궁창으로 몰아넣고 고통을 주었으면서 자기 잘못은 없다는 사람들. 대표적으로 '사기꾼' 들이겠지만 그렇게 단순히 '사기꾼' 으로만 몰 수 없는 수많은 사기꾼들이 같이 살고 있다는 생각이다.

군대에서는 '적' 아니면 '아군' 이었으나, 사회는 '적' 도 아니요 '아군' 도 아닌 부류가 분명히 존재한다는 것, 그리고 그런 존재들과 부대끼며 이겨내야 한다는 것이 차이점이다.

국군복지단에서 보급관을 수행할 때의 내 책상. 디지털과 아날로그의 조화를 꾀한 흔적들이 보인다. 가운데 컴퓨터를 중심으로 왼쪽에는 스케줄을 관리하는 수첩이, 오른쪽에는 업무와 관련한 각종 자료와 노하우들을 바인딩해 놓았다. 주로 사무실에 앉아서 하는 일이었기 때문에 문서 관리에는 이점이 많았다.

전문가가 피해야 할 함정

한 분야에서 오랫동안 일하다 보면 자연스럽게 전문가의 반열에 오를 수 있다. 그런데 진짜 전문가가 된다면 상관없지만 전문가가 되었다고 착각하는 경우가 정말 문제다. 공병호 박사도 '10년 법칙'에 대해 강조했고, 피터 드러커도 '3년마다' 분야를 바꾸어 연구한다고 했다. 정도의 차이야 있겠지만 일정시간이 지나면 어떤 분야든 전문가가 될 수 있는 자격이 갖춰지는 것이다.

그런데 전문가라고 불리는 사람은 몇 가지 특징이 있다. 처음엔 잘 알지 못했는데 '고집이 세다'는 것을 느꼈다. 그들은 잘 들으려고 하지 않는다. 자기 말만 옳다고 한다. 왜냐하면 수십 년 동안 그래왔기 때문이다. 내가 아닌 다른 사람의 주장이 채택되면 굉장히 자존심 상해 한다.

군인은 전투전문가다. 아직 전투전문가가 아니라면 그렇게 되어야 한다. 하지만 자기 고집만 세우고 남의 이야기를 받아들이지 않는 전문가가 되어서는 안 된다. 전체적인 그림을 볼 줄 알고, 때로는 도전도 해야 한다. 그래서 누구보다도 생각이 유연해야 한다. 왜냐하면 적은 절대 교과서적으로 쳐들어오지 않기 때문이다. 전쟁은 변화무쌍하고 예측할 수 없기 때문에 '병법서'가 존재하는 것이다. 실오라기 같은 규칙성을 찾아서 정리해 놓은 것이 병법서니까. 이를 근거로 볼 때 군인은 절대 앞뒤가 꽉 막힌 사람이 되어서는 안 된다고 생각한다.

군인은 순진하다고 한다. 곧이곧대로만 생각한단다. 속된 말로 사기꾼들이 사기 치기 딱 좋은 사람은 교사, 군인, 공무원이란다. 여기서 군인은 하루속히 빠져나와야 한다. 그런 취급을 받을 사람들이 아니기 때문이다. 혹자들은 군대에서 할 게 뭐 있느냐고 한다. 매일 똑같은 일과이니 군대가 제일 편하다고들 한다. 그렇게 말하는 사람들의 군대생활을 의심할 수밖에 없다. 나는 명백히 '아니'라고 말하고 싶다.

군대만큼 변화가 급격한 곳은 없다. 물론 겉으로 보기에는 아무것도 안 하는 것처럼 보일 수도 있지만, 가장 결정적인 것은 사람이 바뀐다는 것이다. 이제 좀 믿고 맡길 만하면 집에 갈 때가 되어 신병이 들어온다. 그 신병도 일을 할 만하면 마찬가지다. 일반 회사로 따지면 일 년 주기로 담당자가 계속 바뀌는 상황이다. 이건 굉장한 스트레스다.

훈련도 마찬가지다. 나는 포병 출신이기 때문에 전방지역에서 화포를 수백 번 접었다 폈다 훈련했다. 물론 열심히 쏘기도 했다. 그런데 이것도 미묘한 변화가 있다. 지휘관 예하 수많은 장병들이 좀 더 효율적인 전투 임무를 위해서 조금씩 조금씩 바꿔 본다. 그리고 연구한다. 때마다 돌아오는 진지 공사는 어떤가? 방벽을 높이기도 하고 벽돌로 보강하기도 한다. 아예 진지를 새로 만들기도 한다.

여기에 자연도 한몫 보탠다. 눈과 비에 걸핏하면 산불까지 일어난다. 민간의 힘으로 역부족인 곳은 군인들이 도우러 간다. 무기도 닦고 정비하고, 그 와중에 밥도 먹고, 빨래도 하고, 아프면 병원도 가야 한다. 어느 부대가 한가하다고 말하는 건지 궁금하다.

어쨌든 군대만큼 변화가 심한 곳도 없거니와, 군대만큼 유연하게 생각해야 하는 곳도 없다. 그렇기에 자부심을 가져야 한다. 지금 군대에 있든 전역을 했든 말이다.

얼마 전 유명한 드라마에서 "회사는 전쟁터야. 근데 밖은 지옥이다"라고 했다. 군대는 전쟁을 준비하는 곳이다. 전역 후에 전쟁터로 가야 하는 여러분의 입장에서 최고의 훈련소다. 여러분이 언젠가 지옥불을 헤쳐 나가야 하는 CEO의 자리에 갔을 때 군대에서의 소중한 경험을 웃으면서 회고할 날이 올 것이다.

나는 부동산에 관심이 많았다. 전역 후에도 제대군인센터의 도움으로 부동산 경매전문가 과정을 수료했다. 부동산 경매를 통해 한방을 노려보고 싶었다. 전문가 과정에서 내가 가장 어린 편에 속했는데, 거기에는 말로만 듣던 수십억, 수백억 부동산 부자들이 많았다. 겉으로는 정말 허름해 보이는 어르신이 수백억 부자라는 사실이 믿어지지 않았다. 그러던 어느 날 "젊은 사람이 왜 이런 걸 배워?"라는 말을 듣고 그때는 무슨 뜻인지 전혀 몰랐다. 그냥 신기하게 보는가

보다 했었다.

그런데 몇 년 뒤에 생각해 보니 그게 아니었다. 부동산 경매의 큰 손들은 패턴이 있었다. 즉 부동산 경매에 대한 지식은 물론 자기 분야에서 어느 정도 성공을 이룬 특징이 있었다. 내게 말씀하신 분도 일식집에 일가견이 있는 분이었다. 그분의 방법은 싸게 나온 상가 건물을 매입해서 일식집을 오픈한다. 그리고 직접 주방장을 하면서 싸고 맛있게 음식을 만들어 내면 얼마 후 손님이 몰려오게 되는데, 그때 식당을 매각하는 방법이다. 상가는 경매에 나올 경우 상대적으로 감가가 심하기 때문에 그에 따른 차액이 엄청나다는 거다.

지금 와서 생각해 보면 그 어르신이 내게 한 말은 '젊은 사람이 벌써 이런 것을 배워 뭐하나, 자신의 일을 먼저 찾아야지'로 해석된다. 단순히 부동산 경매전문가가 되고 싶었던 나는 결정적으로 돈이 없었기 때문에 부동산 경매를 해 본 적이 없고, 나중에 트럭기사를 하면서 문득 깨달았던 것이다.

그분은 인생의 전체와 부분을 마음대로 조망할 수 있는 인생 전문가였다는 생각이 든다.

어쨌든 전문가라고 해서 자기분야만 아는 그런 전문가는 되어서는 안 된다. 단순히 오래 그 일을 했다고 해서 전문가라면 세상에 전문가 아닌 사람은 없을 것이다. 공병호 박사가 강조한 '10년 법칙'이 모두에게 적용된다면, 왜 세상엔 진짜 전문가가 그렇게 없겠냐는 말이다. 왜 장군이 이등병부터 시작하지 않는가? 곰곰이 생각해 보았으면 좋겠다.

피해의식에서 벗어나라

"저는 대한민국의 국방부, 육군예하 ○○사령부, ○○군단, ○○사단 그 수많은 부대 중에서도 여기 ○○대대에 그것도 ○○중대에 속한 일개 병사. 그 대대 안에서도 수많은 보직 중 PX병을 하고 있는 병사일 뿐입니다."

"그런데?"

"그런데 관리관님께서는 일개 병사인 저에게 직장인 마인드를 요구하며 더욱 열심히 하라고 자꾸 그러십니다."

"그래서?"

"저는 그것이 맞지 않다고 생각합니다. 그래서 전 그렇게 할 수 없습니다."

"그래?"

"그리고 관리관님은 좀 이상하십니다. 정상은 아닌 것 같습니다."

"왜?"

"개인 정비시간은 제게 부여된 고유 권리입니다. 즉 관리관님이 주고 안 주고의 문제가 아니라 말입니다. 그런데 관리관님은 PX 일을 더 열심히 하면, 더 잘하면 개인 정비시간을 주겠다는 식으로 말씀하십니다. 그렇지 않습니다. 그것은 제 고유 권리입니다."

30초 정도 정적이 흘렀다. 잠깐이지만 여러 가지 생각이 들었다.

"그래, 네 말에 일리가 있다. 공감한다. 이제 내 의견을 말해도 되겠나?"

"네."

"병사인 네가 직장인인 내 마음을 이해하는 것은 불가능하다. 우선 내 업무에 관련된 요구사항이 너에게 과중한 부담으로 다가왔다면 사과할게. PX를 좀 더 잘 운영해서 부대 장병들의 복지를 향상시키기 위한 직장인의 몸부림이었다고 이해해 줘. 그리고 오해하지 말았으면 하는 것은, 관리관은 너의 개인 정비시간을 쥐고 흔드는 사람은 아니다. PX병이 워낙 업무가 과중하고 남들 쉴 때 쉬지 못하기 때문에 개인 정비시간의 권리를 조금이라도 더 찾아주고 싶었다. 내가 담당하는 다른 마트 판매병들도 마찬가지다. 사수와 부사수가 서로 업무를 분장하고 도우며 어떻게든 최대한의 개인 정비시간을 확보하고 있는 중이다. 아무리 개인 정비시간이 중요한 권리라지만, 그렇다고 마트가 엉망진창으로 운영되면 안 되는 것 아닌가?"

"……"

"어쨌든 관리관이 판단하기엔 병사와 직장인인 내 마인드의 차이가 너무 커서 같이 일하기 힘들 것 같은데…."

"네."

"며칠 말미를 줄 테니 신중하게 생각하고 결정해라. 어떤 결정을 하든 존중할게. 네가 PX병을 계속하겠다면, 힘들겠지만 직장인인 나와 같이 해야 할 거다. 그만두겠다면 네게 불이익이 가지 않도록 부대에 잘 말해 줄게. 관리관은 네가 이야기한 사항에 대해서 충분히 이해하고 공감한다."

판매병(PX병)의 임무는 절대 만만하지 않다. 흔히 '피돌이', '꿀보직'으로 불리는 판매병은 여러분이 생각하는 것처럼 그렇게 '꿀' 빨고 앉아 있는 보직이 아니다. 물품청구, 수령, 진열, 판매, 반납, 매장청소, 자금결산 및 관리 등 해야 할 일이 넘쳐난다. 그렇다고 훈련에서 열외도 아니다. 각종 훈련은 훈련대로 해야 하고, 남들 개인 정비할 때 쉬지도 못한다. 잠깐 쉬려고 하면 누군가 득달같이 달려와서 등을 툭툭 친다.

"야, PX 좀 열어 주면 안 되냐?"

"싫어. 나도 쉬고 싶어. 꺼져."

빨리 꺼져 주었으면 좋겠는데, 상대방의 얼굴엔 묘한 웃음과 함께 비장의 필살기가 발사된다.

"중대장님이 사오라는데?"

더욱 억울한 것은 취사병과 너무도 비교된다는 것이다. 판매병이나 취사병이나 부대 복지를 위해 일하는 것은 같다. 하긴 취사는 '복지' 차원을 넘어서긴 한다. 생존이 달린 문제니까. 그래서 취사병은 정식으로 편제에 반영된 중요 보직이다.

전쟁이 나도 취사를 한다. 매일 새벽같이 일어나 졸린 눈 비비며 취사하는 대신 일과는 일찍 끝난다. 더구나 행정보급관의 총애를 모두 독차지한다. 훈련은 어떤가? 밥하는 게 곧 훈련이다. 정말 최고의 하이라이트는 '휴가'다. '이제야 챙겨 줘서 미안하다'는 듯한 표정과 함께 당당히 정기적인 위로휴가를 받는다.

이에 반해 판매병은 죄인이다. '네가 하는 게 뭐 있냐?'는 듯한 표정은 기본이다. 편제에도 50%만 반영되어 있고, 훈련은 훈련대로 받아야 한다. 물품 판매하는 게 훈련이 될 수는 없지 않은가? 부대에 잔반이 많이 남으면 또 따가운 눈총을 받는다. "네가 PX를 너무 열심히 운영해서 병사들이 밥을 먹지 않는다"는 것이다. 이건 열심히 해도 욕을 먹는 꼴이다. "요즘 취사병들이 맛없게 해서 그런데요"라는 말이 목구멍까지 올라온다.

앞에서 소개한 대화는 실제 판매병과 나눈 대화다. 굉장히 똑똑한 친구였다. 그 친구의 말이 틀렸다고 생각지 않는다. 정말 내가 정상이 아니었을 수도 있다. 하지만 저 대화에서의 중요 포인트는 '병사'와 '직장인'이라는 단어다. 병사와 직장인의 여러 차이점 중 결정적인 것은 무엇인가? 바로 '끌려왔다'는 피해의식이다.

직장인은 '끌려왔다'는 피해의식이 없다. 지원해서 입사했기 때문이다. '이 회사에 안 왔으면 굶어 죽을 뻔했는데 채용해 주셔서 감사합니다'라는 마음이 밑바닥에 깔려 있다. 반대로 병사는 어떤가. "아, 여기만 안 왔으면 내가 할 게 많은데, 군대 때문에 손해 본 게 얼마인가? 빨리 시간만 흘러가라" 한다.

수동적인 게 당연하다. 그들에게 직장인 마인드처럼 열심히 하라고 하는 건 진짜 '소귀에 경 읽기'일지도 모른다. 내가 이런 책을

쓰겠다고 결심했을 때 주변 반응이 바로 이것이었다. '미친 짓 하지 말라고.'

나도 그런 현역 시절이 있었다. 간부였지만 '끌려왔다'는 생각이 아주 없지는 않았다. 기왕 입대해야 한다면 간부로 가야겠다고 생각했을 뿐. 군대에 안 와도 되는 나라였다면 내가 입대했겠냐는 질문에 솔직히 물음표가 떠올랐기 때문이다. 그러던 어느 날 스스로에게 이런 질문을 했다.

'만약 이 나라가 징집제가 아닌 모병제였다면 네가 진정 그 계급장을 달고 서 있을 수 있는가?'

그때 연대에서 군수과장을 하고 있었는데, 스스로에게 물어본 그 질문에 순간적으로 말문이 막히고 이런 생각이 들었다.

'내가 미군의 대위보다 강력한가? 프랑스? 아니면 북한? 아니. 나라 입장에서도 얼마나 급하면 너한테 그 계급장을 달아 주었겠는가?'

군대는 우리에게 피해를 준 적이 없다. 문제는 피해를 보고 있다고 생각하는 우리 스스로다. 거의 피해망상에 가까운 착각이 스스로를 좀먹고, 국가를 어렵게 한다고 생각한다. 시대가 얼마나 급하면 우리에게 계급장을 달고 싸우자고 하겠는가. 주변에 얼마나 막강한 적이 있으면 우리에게 총을 주겠는가.

바꿔 생각해서 우리가 그 시간에 군대에 안 왔다면 엄청난 무엇인가를 하고 있을 것 같은가? 뭘 할 것 같은가? 공부? 운동? 사업? 직장생활? 얼마나 대단한 것이기에 여러분의 인생이 지금 이 자리에서 망가지고 있는 것을 뻔히 놔두고 있냐는 말이다. 하루라도 빨리 피해망상에서 벗어나야 한다.

다음은 우연히 검색하다가 찾게 된 '청해 찰리브라운'이라는 네이버 블로거의 글이다. 도움이 되길 바란다.

"한창 두뇌 회전력이 왕성한 아이들에게 대학 교육을 시키는 것이 좋지 군에 있는 게 뭐가 좋겠어?"라고 질문할 사람이 여럿 있을 것이다. 그러나 나는 이 문제에 대해 이스라엘 친구 '단강'과 토의해 보았다.

"한국 아이들은 18세 때 보통 무얼하지?" 단강의 질문이다.

"한국에서는 보통 대학 입시 공부를 하거나 19세 정도면 대학에 다니고 있지."

"대학에서 배우는 전공 공부가 그리 실용적이지 않을 텐데. 여기 이스라엘에서는 자신이 알고 있는 지식을 전투 환경이나 작전 시스템에 적용해 보고 좀 더 개선할 사항들을 찾고, 군 선배들이 이룩해 놓은 여러 업적에서 배우고 경험하는 것이 많다. 그리고 같은 또래의 전우들과 형제 같은 유대감을 공유하고, 인생을 생각하고 세상을 바라보는 시기이기도 해서 책에서만 이론을 배우는 것보다는 실전 경험을 많이 쌓게 된다."

전국 각지에서 땀 흘려 고생하는 우리 판매병들. 여러분은 엘리트 중의 엘리트임을 잊지 마라. 사회에 나와도 그 정도 업무 강도의 일은 흔하지 않다. 잘 이겨내고 발전시키길 바란다. 나는 여러분을 자랑스럽게 생각한다.

2007. 11. 22. 08 : 24

매몰비용(sunk cost). 경제학 용어다. 뜻은 '투자했으나 돌려받을 수 없
는 비용. 예를 들어 광고비' 등을 말한다.

향후 시장을 예측하여 어떤 것에 투자했으나 그 시점에서 시장이 그것
을 원하지 않았을 때 든 비용은 영원히 받지 못한다고 했다.

이 단어를 처음 듣자마자 들었던 생각이 '나의 매몰비용=군대(?)' 이런
암울한 생각이 들었다.

과거엔 장교 출신을 기업에서 선호했다고 하나, 현재는 그렇지 않다.

억울한 마음이 들어 군대 사진, 문서, 서류 등을 찾아서 스캔을 하고 브
로셔를 만들려고 한다.

그래, 매몰비용이 되게 내버려두지 않을 것이다.

나는 누구나 쉽게 할 수 없는 소중한 경험을 한 것이다. 파이팅!

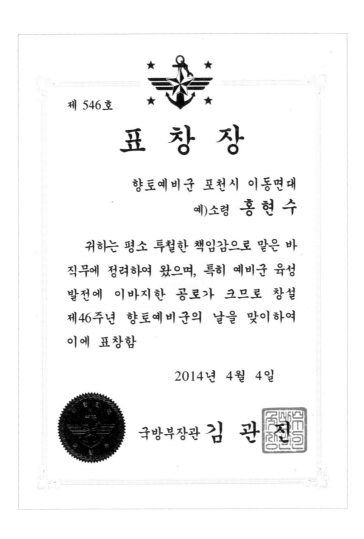

제 546호

표 창 장

향토예비군 포천시 이동면대
예)소령 홍현수

귀하는 평소 투철한 책임감으로 맡은 바
직무에 정려하여 왔으며, 특히 예비군 육성
발전에 이바지한 공로가 크므로 창설
제46주년 향토예비군의 날을 맞이하여
이에 표창함

2014년 4월 4일

국방부장관 김 관 진

군대는 내게 피해를 준 것이 없다. 오히려 많은 고민을 하게 함으로써 험난한 사회생활을 잘 헤쳐 나갈 수 있는 능력을 심어 주었다. 보잘것없는 일도 소중히 여기고, 자신이 있는 위치에서 최선을 다하는 훈련을 하기에 군대만큼 좋은 곳은 없다. 국방부장관 표창은 현역 시절에도 받은 적 없는 큰 상이다. 이것을 사회생활 하면서 받게 될지는 꿈에도 예상하지 못했던 일이다. 군대 생활이 힘든가? 그렇다면 더 깊이 고민하고 또 고민하기를 진심으로 권한다.

기록의 힘

흔히들 일본이 기록을 잘하는 나라라고 알고 있다. 시중에도 기록과 메모 관련 책들은 대부분 일본 작가가 쓴 것이며, 기록과 관련된 각종 문구류도 일본 것이 많다. 나도 자타가 공인하는 기록관리 선진국은 일본이라고 생각했었다.

그런데 얼마 전 깜짝 놀랄 만한 정보를 들었다. 세계기록유산을 아시아에서 가장 많이 보유하고 있는 나라가 '대한민국'이라는 것이다. 일본도 중국도 아닌 '대한민국'이 아시아 최고라니! 전 세계적으로 따져 봐도 독일, 폴란드에 이어 '대한민국'이 3위라는 사실이다. 정말 의외였다. 그러니까 우리는 최고의 기록 유전자를 물려받은 민족이라는 것이다.

어려서부터 기록에 대한 보존과 활용에 관심이 많았다. 학교 다닐 때도 선생님들이 나누어 준 유인물을 어떻게 하면 교과서에 첨가할 수 있을까 고민했다. 오죽하면 초등학교 1학년 때 중간고사 시험지를 지금도 가지고 있겠는가? 스스로 생각해도 좀 유별났는데, 우리나라가 기록관리의 세계 최강국임을 알고 나서 얼마나 가슴이 벅찼는지 모른다.

'그래, 난 최고의 유전자를 물려받은 한국인이다!'

군대생활을 할 때도 수많은 보고서와 문서들에 대해 좀 더 효과적으로 관리할 수 있는 방법을 고민하고 또 고민했다. '전자문서'는 답이 아니라고 생각했다. 분명히 문서는 그 나름대로의 가치와 존재 이유가 있고, 손으로 기록하는 행위는 아무리 디지털을 추구하는 시대라고 해도 영원히 없어지지 않을 거라고 생각했다.

얼마 전 나도 모르게 웃음을 지은 일이 있었다. 15년 전에 쓰던 병력관리 양식이 그대로 쓰이고 있는 것을 봤기 때문이다. 물론 각종 검사 결과지가 많이 첨부되어 우수 병력 양성을 위해 얼마나 고민했는지 엿볼 수 있었는데, 스테이플러로 겹겹이 찍혀 있는 것을 보니 다시 읽어 보긴 힘들겠구나 싶었다.

기록의 핵심은 재활용이다. 아무리 좋은 기록이라도 모으기만 하고 다시 쓰지 않는다면 무슨 의미가 있겠는가? 그렇기 때문에 가장 중요한 것은 수집한 자료에 대한 '분류'이며, 분류하기 위해서는 무엇인가를 추가하고 삭제하는 것이 자유로워야 한다.

또한 '모으는 것'도 중요하다. 그래서 기록하기 위해 종이와 펜은 항상 가까이 있어야 한다. 물론 스마트폰이 활성화된 요즘에는 기록관리를 위한 각종 어플리케이션이 발달되어 있다. 그중에서 '에버노트' 같은 기록관리 앱이 편하게 되어 있다.

백수 생활이 점점 길어져 자신감이 없어질 때도 절대 손에서 놓지 않았던 것은 바인더와 각종 기록들이었다. 대단한 것은 아니지만 바인더에는 꿈 목록과 연간, 월간, 주간 스케줄이 있고, 종류별 메모가 들어 있는데, 개인적으로 3P바인더가 사용하기 편리해 2007년 이후 지금까지 애용하고 있다.

당시에는 바인더를 늘 들고 다녔다. 아마 지푸라기라도 잡는 심정이었던 것 같다. 2012년 군납 트럭기사 시절에도 바인더를 들고 업무를 했고, 이 때문에 '특이한 놈'으로 소문이 났다. 열심히 운전해서 물건만 나르면 되는 단순 노동인데도 바인더를 고집했으니 그럴 만도 했다. 각종 송증, 주소록, 연락처도 체계적으로 모았고, 반드시 다시 써먹을 일이 있었다. 물품 납품에 다소 착오가 생기더라도 모아 둔 송증철을 일일이 확인해 꼼꼼하기로도 소문이 났다.

이런 기록들이 빛을 본 계기는 2013년 1월 국군복지단 채용공고가 게시된 때였다. 여러 지인의 권유로 지원을 결심했고 채용공고를 본 순간 그동안 모아 둔 바인더들이 번쩍 떠올랐다. 다른 지원자들과 차별화가 필요했다. 나 같은 예비역 간부 출신들이 많이 지원했을 것이고, 다들 취업이 절실한 사람들이라 상당한 경쟁이 예상되었다. 전략을 고민했다. 나의 장점은 젊다는 것. 그러나 상대적으로 약점이 될 확률도 있는 장점이었다. 도대체 무엇으로 차별화한다는 것인가?

고민 끝에 생각해 낸 첫 번째 전략은 '특이한 지원'이었다. 원서 접수는 '우편 또는 방문 접수'라고 되어 있는데 바로 '방문 접수'를 눈여겨본 것이다. '특이한 방문 접수'를 노린 것. 일단 홈페이지에

기록은 그 자체만으로도 매우 소중한 것이다. 나는 업무에서부터 여가활동까지 모든 기록을 관리한다. 색깔을 활용하여 영역별로 구분하고 나중에 재활용하기 편하도록 정리한다. 종이 위에 쓰는 기록들은 디지털 시대인 지금도 충분히 그 가치를 가지고 있다.

게시되어 있는 원서를 작성한 후 별도로 간단한 '브로셔'를 만들었다. 팸플릿 같은 것인데 지원동기, 꿈, 경력 등을 사진자료와 함께 5페이지로 만들어 이것을 직접 방문해서 접수한 것이다. 첫 번째 전략이 제대로 먹힌 것을 깨달은 건 면접장에서다. 면접위원들이 내 '브로셔'를 들고 있는 것을 보았고, 일단 느낌이 좋았다.

두 번째 전략은 그동안의 기록을 모두 보여 주는 것이었다. 커다란 여행용 가방에 그동안의 각종 기록들을 챙겼다. 일기장부터 송증철까지. 무게가 상당했다. 면접 전에 이 가방을 들고 다니는 것만으로도 힘들었다. 급기야 진행위원이 가방을 들고 면접장에 들어가는 것을 제지했다.

"가방은 여기 두고 입장하십시오."

"아닙니다. 이 가방은 제가 반드시 들고 들어가야 합니다. 허락해 주십시오."

'궁하면 통한다' 고 난색을 표하던 진행위원을 뒤로하고 면접장에 들어서니 여섯 명의 면접관이 커다란 가방을 들고 들어오는 나를 일제히 쳐다보았다. 일단 시선 끌기에 성공했다고 판단한 나는 면접관들의 자리에 내 브로셔가 놓여 있는 것을 순간적으로 확인했고 해볼 만하다고 느꼈다.

"이순신 장군님은 전쟁 중에도 기록을 남기셨습니다. 그 난중에도 먹을 갈아 기록을 남긴 장군님을 본받아 저도 모든 것의 기록을 남기고자 최선을 다했고, 보시는 바와 같이 최선을 다해 일했습니다. 저를 뽑아 주신다면 최선을 다해 일하겠습니다. 이 가방 속의 기록들이 증거입니다."

나중에 알게 되었지만, 당시 면접관 중 한 분인 정기호 중령님은 이런 나를 눈여겨보았다. 더구나 해군 중령이기 때문에 이순신 장군에 대한 존경심이 남달랐고, 평소 기록에 대한 관심이 많던 그분은 이순신 장군을 언급하면서 열심히 하겠다고 큰소리치는 모습이 인상 깊었다고 한다. 무슨 일이 있어도 저 친구는 뽑아야 한다고 생각한 그분은 최고 점수를 주었고, 그 덕분에 나는 선발되었다. 합격자 발표 후에 사연을 알게 된 나는 따로 찾아뵈었고, 이후에도 지속적인 도움을 주셨다.

　이처럼 기록이라는 것은 그 자체로 큰 힘을 갖는다. 하지만 그 기록을 어떻게 관리하고 어떻게 활용하느냐는 각자의 몫이고, 그만큼 고민을 많이 해 봐야 하는 부분이다. 확신할 수 있는 것은 군대든 사회든 기록에 대한 관리와 활용은 매우 중요하며, 고민한 만큼 반드시 해결책도 나온다는 것. 우리 군대가 기록을 관리하는 노하우를 병사들에게 알려 주고 발전시켜 나간다면 이것만큼 중요한 일은 없을 것이다.

　아무리 디지털 시대라고 해도, 디지털 기기에만 맹목적으로 의존해서는 안 된다. 종이에 쓰고 종이를 모으는 행위를 시대착오적이라고 비난해서는 안 된다. 기록의 힘은 스마트폰 화면으로 보여 줄 때보다 종이 뭉치로 보여 줄 때 힘이 막강하다는 것을 경험했기 때문이다.

2005. 4. 6. 21 : 23

세상을 떠들썩하게 했던 산불도 한풀 꺾였다. 작년에도 겪은 일이어서
놀랍지도 않고 담담하다. 이곳은 봄 가을에는 산불, 여름에는 홍수, 겨
울에는 폭설 등 조용한 계절이 없다. 자연은 자연대로 업무는 업무대로
힘들고 어렵다.

남쪽으로는 양양, 북쪽으로는 비무장지대로 이어진 산에서 산불이 났
지만 이쪽으론 번지지 않았다. 크게 번졌다면 우리 부대는 포위될 수밖
에 없는 지형이었다. 아주 위험했으나 다행히 퇴근을 할 수 있었다. 양
양 낙산사를 비롯하여 많은 산들이 피해를 입었다. 참 안타까웠다.

이번 산불을 겪으며 느낀 점은 바로 '정위치'의 중요성이다. 내가 산불
진화에 결정적으로 한 건 없다. 내가 한 것은 부대에 정위치하고 있었다
는 것이다.

모든 일이 마찬가지인 것 같다. 누구에게나 정위치는 있는 것 같다. 자
신이 있어야 할 위치, 자신이 있어야만 할 위치가 있다. 전포대장 시절
혹한기 훈련 때 비까지 와서 온몸이 다 젖었는데도 5박6일 간 지휘대에
있었다. 온몸이 꿉꿉하고 냄새가 나고 부들부들 떨릴 정도로 추웠는데
도 난 지휘대에 꼼짝 않고 있었다.

나중에 전역자들을 만나서 들은 건데, 그 자리에 벌벌 떨며 있던 나를
보며 힘을 얻었다고 한다. 어쨌거나 있어야 할 곳에 있다는 것만큼
중요한 것은 없다.

시스템의 위대함

2002년 8월 30일. 하늘에 구멍이 났나 싶을 정도로 무섭게 비가 쏟아졌다. 심상치 않았다. 똑같은 기세로 계속 쏟아지니 해가 지자 걱정이 몰려오기 시작했다.

"이거 무슨 일 나겠는데?"

아니나 다를까, 간부 숙소에 물이 차기 시작한 저녁 8시경.

"야, 모두 튀어나와!"

인사과장의 다급한 목소리에 '드디어 무슨 일이 났구나!' 하고 직감적으로 느꼈다.

그것은 다름 아닌 '루사', 강원도 동부를 강타한 강력한 태풍이었다. 정말 무서웠다. 자연 앞에서 사람이 얼마나 무기력한지 확실히 알게 해 주었다. 그 엄청난 빗속에서 포탄 터지는 소리와 비슷한 '쿵', '쿠쿵' 소리가 들려왔다. 나중에 알고 보니 산사태 직전에 나는 전조 증상이라는 것이다. 멀리서 들리던 소리가 바로 옆에서 들리는 순간, 전기가 끊겼다. 이미 고지대에 있는 생활관으로 모두 피신한 상태였기 때문에 피해는 없었다. 그런데 그 어두운 밤에 전기가 끊기니 정말 아무것도 할 수 있는 게 없었다.

다음 날 아침, 내 눈앞에 벌어진 광경을 믿을 수가 없었다. 지금도 생생히 기억난다. 부대 본청 건물 바로 앞에 연병장이 아니라 커다란 강이 흐르고 있었다. 산은 여기저기 포탄을 맞은 것처럼 움푹 패어 있었다. 도로도 없어졌고, 공기 중엔 흙냄새가 진동했다. 태어나서 흙냄새가 역하게 느껴진 것은 그때가 유일하다. 물론 휴대전화 안테나는 감쪽같이 사라졌다.

'지금이 어느 시대인데 무전기를 등에 메고 다니나?' 맞다. 무전기도 스마트폰처럼 만들어야 한다. 그런데 등에 메고 다니는 그 무식한 무전기가 진가를 발휘한 순간이 바로 그때다.

비가 그친 다음 날, "모든 활동을 중지하고 6개월간 수해 복구에만 전념하라. 전 장병 외출, 외박, 휴가를 모두 통제한다"는 지시가 무전을 통해 하달되었다. 그때부터 원시시대의 삶이 이렇겠구나 싶을 정도의 생활이 시작되었다. 참혹한 수해 현장에서 물이 정말 무섭다는 것을 확실히 느꼈다. 내 키만 한 바위들이 굴러와 박혀 있었다. 그 힘들었던 수해 복구의 나날들을 지금은 추억으로 회상하고 있지만, 당시엔 정말 어려웠다. 병사들의 손이 바위에 찢기는 등 말이 아니었다. 굴삭기가 그렇게 위대해 보일 수 없었다.

당시 고생한 우리 포대 전우들에게 15년이 된 지금도 다시 한 번 말해 주고 싶다. 정말 고생 많이 했다고.

태풍 루사에 대해 이렇게 길게 이야기한 건 바로 수해 복구작업을 통해 느낀 점을 공유하고 싶기 때문이다. 모든 것이 쓸려간 그 폐허 속에서 처음엔 무엇을 먼저 해야 할지 전혀 감을 잡을 수 없었다. 일단 지휘관의 지침을 받아 움직인 것들은 그렇다 하더라도, 이게 어떤 식으로 복구가 이루어질까, 가능한 걸까 궁금했었다.

그렇게 3주 정도 지났을 때 부대 앞 멀리서 KT(한국전력공사) 작업 차량이 보였다. 아직 도로도 복구되지 않았는데 그 길을 뚫고 온 그들도 대단했지만, 더 대단한 건 전신주를 심는 속도였다. 정말 빨랐다. 그들이 다녀간 다음 날 전기가 들어왔고 복구 속도도 엄청 빨라졌다. 화장실도 사용할 수 있게 되고, 취사기도 정상 가동되었다. 가장 결정적인 것은 통신망 복구였다. 휴대폰 안테나가 오랜만에 나타났다. 순식간이었다. 3주간 지지부진했던 복구작업이 전기가 들어온 순간부터 엄청나게 빨라졌다.

그때 순간적으로 느낀 것이 있었다. 만일 '내 인생이 폐허가 되었을 때 가장 먼저 복구할 것은 무엇인가?' 내 인생에서 '전기' 같은 것은 무엇인지 고민하게 되었다. 그때는 내 인생이 폐허가 아니어서 그랬는지 답을 찾지 못했다. 하지만 진짜 '폐허'를 경험한 백수 시절을 지금 와서 돌아보며 어렴풋하게나마 알게 되었다. 아마도 내 인생에 있어서의 '전기'는 '닥치는 대로 하는 자세'였던 것 같다. 물론 딸아이가 생기면서 궁지에 몰려 시작한 것이지만, 그렇게 하다 보니까 복구가 빨랐다.

"밖에 나가서 무엇을 해야 할지 모르겠습니다"라고 말하는 병사들에게 나는 이렇게 말한다. "닥치는 대로 열심히 해 보라"고. 그리고 나가서 무엇을 할지 고민하지 말고 지금 네가 이 자리에서 당장 뭘 닥치는 대로 해야 할지를 고민하라고 말이다. 그런데 여기까지 말하면 대부분 도망간다.

일단 거기까지 되면 두 번째는 시스템을 찾아야 한다. 그 전기를 가지고 작동시킬 수 있는 시스템, 취사기나 휴대전화 같은 것 말이다. 나는 자신 있게 '바인더'와 '마인드맵'을 제시한다. 꼭 '3P바인더'가 아니어도 상관없다. 트럭기사 시절에 만든 것은 내가 직접 만든 바인더였다. PX 관리관을 하면서 만든 바인더도 판매병들과 고심해서 만든 것이다. 마인드맵도 마찬가지다. 나는 'ThinkWise'라는 순수 국산 마인드맵 프로그램을 사용한다. 하지만 그걸 떠나서 마인드맵을 활용한 생각법을 알아야 한다.

결국 바인더와 마인드맵이라는 두 가지 화두를 가지고 내가 이끌어 내고자 하는 핵심은 '창의력'이다. 열심히 공부해서 나만의 무엇인가를 창조해 보라는 말이다. 나는 우리 장병들이 제대로 쓸 수 있는 바인더가 무엇일지, 마인드맵을 통해 군생활에서 어떻게 활용할 수 있는지, 그렇게 해서 어떻게 창의력을 이끌어 낼 수 있을지 고민하고 있다. 여러분에게 제시할 수 있는 구체적인 그 '무엇'이 '무엇'인가를 계속 고민 중이다.

땡큐 레터 4. 입대한 아들에게 보낸 어머니의 편지

사랑하고 사랑하는 내 아들 웅아

대한민국의 씩씩한 육군이 된 지 벌써 백일이 되었구나.

엄마는 군 입대 날 여러 장병들 속에 서 있는 아들을 보고 어찌나 눈물을 흘렸던지, 아들 모습이 뿌연 안개 속에 서 있던 것만 생각이 난다.

새로운 환경 속에서 아프진 않을까? 밥은 잘 먹을까? 선임들과 동기들과 잘 지낼까? 내내 걱정을 하면서 군대 안 보내면 얼마나 좋을까 그런 생각도 들더라. 휴가 나온 군인들만 보면 내 아들 같아서 우리 아들이 어찌나 보고 싶던지, 긴 한숨을 쉬면서 지내온 것 같다.

신병 수료식 날 우리 아들 보려고 정문에서 출입증을 교환하자마자 운동장까지 얼마나 뛰었는지. 지금까지 아무리 급해도 뛰지는 않는단다. 운동장에 도착하자마자 고맙게도 아들이 맨 앞줄 끝에 서 있어서 바로 찾을 수 있어 너무 좋아 또 눈물이 나더라.

그런데 엄마는 아들 보고 내가 낳은 아들이 맞나 싶을 정도로 깜짝 놀랐단다. 너무 씩씩하고 듬직하고 멋진 군인이 '한웅'이라는 명찰을 달고 서 있더라. 역시 대한민국 아들로 태어났으면 꼭 한 번 가볼 만한 곳이라는 생각을 했다.

엄마가 한 달 동안 쓸데없는 걱정을 했구나 하는 생각이 들더라.

물론 부대에서도 부모님들 걱정 안 하도록 전화도 주고 사진도 올려주고 내 아들 내 동생처럼 신경 써 주시는 것에 감사하고 놀랐어.

대한민국 아들로 태어나서 국민들을 지키는 든든한 군인이 됐다는 게 자랑스럽다.

우리 아들이 그랬지? 군생활이 훈련받을 때는 힘들어도 여러 사람과 지내는 게 재미도 있고 배울 것도 많다고. 그래 맞아. 여러 사람이 만났으니 사람마다 다름을 인정하고 항상 배려하는 마음 잊지 않고 생활하면 즐겁고 알찬 군생활을 할 수 있을 거야. 선임들과 동기들 모두 너에게 큰 재산이고 잊지 못할 추억이라 생각해.

인생에서 두 번 다시 경험하지 못할 소중한 시간인 만큼 군대에 있는 하루하루가 제대 후 네가 사회생활하는 데 큰 밑거름이 될 거야. 엄마는 아들이 잘 하리라 믿어. 다음 날 아빠랑 면회 갈게. 그동안 몸 건강히 지내고 훈련 잘 받고 있어. 사랑해 아들!

아들이 그리운 엄마가

이 편지는 내가 군납 트럭기사를 하고 있을 때 대표님의 부인이 쓴 편지다. 군에 간 아들에 대한 애타는 마음이 잘 나타나 있다.

모든 어머니들이 아마 같은 심정이지 않을까 싶다. 품안의 자식인 줄만 알았는데 어느새 늠름한 대한민국의 아들이 되어 있다니. 그 마음이 얼마나 벅찰까 상상이 되지 않는다.

모든 군인은 누군가의 소중한 아들이자 남편, 아빠이자 엄마다. 그들은 나라를 지키는 숭고한 일을 하고 있으며, 유사시 국민의 안전을 위해 어떠한 희생을 불사하고 뛰어든다. 그들이 있기에 대한민국이 있다는 것을 결코 잊어서는 안 된다.

꿈을 파는
군 복지전문가들

계급장 떼고 다시 들어가니

집에 돌아온 느낌이었다. 내가 이런 느낌을 가지고 군대의 품으로 다시 돌아오게 될 줄은 정말 몰랐다. 다만 계급장이 사라졌을 뿐이다. 덕분에 한 발짝 떨어져서 볼 수 있었다. 일선에서 땀 흘리는 병사들, 항상 고민하는 간부들. 너무 반가웠고, 너무 감사했다.

아내를 통해서 이미 알고 있었지만 현장에 와서 보니 분명 군대는 내가 있을 때보다 더 바빠진 것 같다. 하루가 24시간이라는 것이 억울할 지경이다. 교육훈련, 병력관리, 부대관리 등 정신없이 돌아가는 가운데 나는 복지를 담당하는 PX관리관이다. 옆에서 장병들을 보고 있으면 안쓰러울 정도다.

너무 바쁘다 보니 독서는 배부른 사람들의 한가한 소리다. 그렇지만 독서는 꼭 했으면 한다. 전역을 앞두고 있는 병사들이나 간부들 모두 다른 걱정 하지 말고 지금 주어진 일에 최선을 다했으면 좋겠다. 옆에서 함부로 훈수 두는 사람들의 말에 귀 기울이지 않아도 된다. 나오면 다 하게 되어 있다. 사회가 어쩌니 저쩌니 하는 사람치고 대단한 사람 없다. 만일 나처럼 나와서 아무것도 할 게 없는 상황이 되더라도 걱정하지 마라. 어차피 겪어야 할 것이면 당당하게 부딪치면 된다. 군대에서 그 정도 하면 못할 것이 없다. 자부심을 가져도 좋다.

내가 원하는 것이 항상 최선은 아니다. 지나고 보면 내가 원했던 것이 이루어지지 않아 다행인 것이 한둘이 아니다. 만일 내가 전역하자마자 번듯한 회사에서 잘 먹고 잘 살았다면 지금의 나는 없다. 군대에 감사하는 지금의 나에게 매우 만족한다. 전역하자마자 공백기 없이 바로 취업하는 게 최선일 것 같지만 꼭 그렇지만도 않다.

존경하는 이만석 예비역 중대장님이 나에게 이렇게 조언해 주었다.

"현수야, 너 지금 배고프지? 죽겠지? 지금의 경험이 너한테 반드시 도움이 될 거라고 믿어라. 배고파 본 사람과 배고파 보지 않은 사람은 엄청난 차이가 있어. 네 생각대로 바로바로 다 되면 좋을 것 같지? 절대 아니야. 일을 하는 태도나 감사하는 마음의 차이가 생길 수밖에 없단다."

맞는 말씀이다. 전역해서 계획대로 착착 취업이 되면 좋을 것 같은데, 그런 사람치고 그 직장에서 감사하며 일하는 사람은 드물다. 심한 경우 버텨 내지 못한다.

이미 정년퇴직한 이만석 면대장님은 예비역 중대장들의 전설로 통하는 분이다. 본연의 업무 외에도 6 · 25전쟁 국가유공자를 발굴하는

데 공헌한 분이다. 최고의 프로다.

지금의 처지를 국가가 해결해 줄 거라고 기대하지 않는 게 좋다. 내가 전역할 무렵엔 제대군인지원센터에서 '용접기술자' 교육과정이 있었다. 당시만 해도 조선업이 호황이었고, 중동 쪽에서 플랜트 붐이 일어났던 시기였다. 그런데 지금은 어떤가? 조선업이 위기를 맞고 있다. 그만큼 미래를 예측하기가 어렵다는 것이다.

PX관리관으로 군대의 품에 돌아온 나는 미친 듯이 일하기 시작했다. 차도 바꿨다. 다 망가져 가는 승용차를 가지고 중고차 매장 가서 1톤 트럭으로 바꾸었다. 공교롭게도 그 차 역시 17년이 넘은 거였다. 아무래도 승용차보다는 트럭이 관리관 업무에 제격이라고 느꼈다. 타이어가 6개월을 버티지 못했다. 엄청나게 돌아다녔으니까.

6개 마트 중 1개 마트를 제외하면 모두 2천만 원 이하 소규모 마트였는데, 시설은 말로 표현하기 어려울 정도로 열악했다. 한 곳은 벽에 구멍이 나 있을 정도로 허름했고, 또 한 곳은 바닥의 먼지가 자욱하게 올라와 먼지가 수북이 쌓여 있었다. 청소를 안 한 게 아니라 연병장을 가로질러 마트가 있었으므로 늘 전투화에 흙이 묻어 왔다.

시설은 그렇다 치더라도 가장 큰 문제는 판매병들의 흐리멍텅한 눈이었다. 아무 의욕이 없었다. 그냥 또 '관리관 바뀌었나 보다' 하는 눈빛. 이것부터 바꿔야겠다고 생각했다. 그럼 '어떻게 바꿔야 하나?'

병사들은 영내에서만 생활하기 때문에 자기 마트밖에 보지 못한다는 약점이 있다. 똑같은 조건에서도 훌륭한 PX가 있다고 아무리 설명해 봐야 병사들은 '관리관님, 지금 어느 나라 말로 말씀하시는 겁니까?'라는 표정이었다.

"그래, 그럼 보여 주마."

어차피 군납 트럭기사 하면서 전 마트를 꿰차고 있는 관리관이었다. 어디가 좋고 어디가 나쁜지 알고 있었다. 아쉽지만 마트 주변엔 판매병들에게 충격을 줄 만한 곳이 없어서 장거리도 불사했다. 나의 사부인 김종현 관리관의 마트였다. 그때 내 차가 화물차인 것이 원망스러웠다. 한 번에 두 명밖에 못 타니까. 철원에서 포천을 몇 번 왕복했는지 모른다. 판매병이 12명이었으니까 여섯 번이었을 거다.

그 후 딱 두 부류로 나뉘었다.

"와, 정말 대단합니다. 저희도 저렇게 하고 싶습니다!"

"에이, 이건 쟤네들이니까 할 수 있는 겁니다."

정확히 이 답변대로 되었다. 두 번째 답변을 한 친구들은 끝내 해내지 못하고 내 손을 떠났다.

할 일이 너무 많았다. 그리고 재미있었다. 부대에서도 젊은 관리관이 열심히 한다며 전폭적으로 지원해 주었다. 그렇게 너무 재미있던 그 시절, 이러다가 표창받는 거 아닐까 하며 행복감에 취해 있던 나에게 첫 번째 날아온 것은 '경고장'이었다. 입사 88일 만에 받은 첫 번째 선물이었다.

지금쯤 중동 어느 나라에서 달리고 있을 17년 된 내 트럭. 아무래도 난 오래된 트럭하고 인연이 깊은 것 같다. 사실 마트관리관 하면서 가장 편한 차는 트럭이다. 마트와 마트 간 물품 이동, 혹은 마트 이전하는 것도 무리 없이 할 수 있기 때문이다. 단 한 가지 단점은 부대에서 처음엔 잔반처리 업체나 재활용 업체 사장으로 본다는 것이다. '당신은 누구냐?'라는 의심 어린 눈빛만 한번 감내하면 오히려 장점이 많다. 나중엔 몇백 미터 밖에서 내 차만 보여도 정말 반가워하기 때문이다.

교육전담부서가 필요하다

잘 몰라서 받은 경고장이었다. 누가 가르쳐 주지도 않았다. 왜 안 가르쳐 주었느냐고 주변에 항변했더니 '네가 물어보지 않아서'란다.

경고장을 받은 것은 입사 후 처음으로 받은 정기 감사 때였다. 우리 지역만 하더라도 광활한 지역에 ○○○여 개 마트가 퍼져 있어, 그때는 감사관들이 관리관마다 1~2개 마트씩 무작위로 감사를 진행했다. 내가 일을 잘 하고 있는지 판단해 볼 수 있는 좋은 기회라고 생각했다. 우리 판매병들과 함께 잘 해보자고 의기투합했다.

마트를 샅샅이 뒤졌다. 혹시 시효 경과품은 없는지, 변질된 물건은 없는지, 진열이 미비한 곳은 없는지 등 아무것도 아닌 것 같아도 의외로 빡셌다. 그때 한 마트 창고에서 시효 경과품이 발견되었다. 하루 이틀 지난 게 아니었다. 건조 땅콩 제품인데 술안주로 많이 팔리는 것이었다.

"미리 발견해서 다행이다. 얼른 반납 처리해야지."

여기까지는 좋았다. 그런데 그 물건을 빨리 치워 버렸어야 했다. 납품업체에 갖다 주든지 아니면 폐기했어야 했다. 순진한 초임 관리관은 당당히 그것을 반납 대기품 저장소에 보관했던 것이다.

"관리관, 이 물건이 왜 아직 여기에 있는 거죠?"

역시 감사관은 놓치는 법이 없었다. 순진한 초임 관리관은 당차게 대답했다.

"예, 그것은 제가 시효 경과품을 색출하면서 찾아낸 물품입니다. 바로 반납 처리했고, 대기중입니다."

"아니, 이게 시효 일자가 언제인데… 언제 발견했다는 겁니까?"

"예, 지난주에 발견해서 바로 반납 처리했습니다!"

"그럼 그전까지 진열되어 있었다는 것 아닙니까? 이게 판매되어 먹은 사람이 탈이 났으면 어쩔 뻔한 거죠?"

"그것은 진열되어 있지 않았습니다. 창고에 있었습니다."

"아니, 그걸 지금 나보고 믿으라는 겁니까?"

이런, 뭐가 잘못돼도 크게 잘못되었다. 정말 어이없어하는 감사관 앞에서 입사 80여 일 된 관리관은 어떻게 해야 할지 아득했다. 사실 감사관들이 오면 주려고 그동안 한 일들에 대한 홍보지를 만들어 놓았다. 그런 건 입사시험 때부터 전문(?) 아니던가. 그런데 여기서 하고 싶은 말은, 아무것도 아닌 일을 의미 있는 일로 바꾸는 건 누가 해 주지 않는다는 거다. 스스로 해야 한다.

"이 마트를 맡은 지 얼마나 되었습니까?"

"입사한 지는 석달이 안 됐고, 마트 맡은 지는 두 달 조금 넘었습니다."

"나도 꽤 오래 감사관 생활을 했지만, 당신 같은 초임 점장이 이렇게 한 적을 본 적이 없소. 어떻게 이렇게 할 수 있소?"

"예, 죄송합니다. 단순히 시효 경과품을 색출하는 데만 정신이 팔려서, 감사관님 같은 그런 생각을 염출하지 못했습니다. (만들어 놓은 홍보지를 내밀며) 그러나 이것 좀 봐 주십시오. 저 정말 열심히 했습니다. 사실 감사관님 오시면 드리려고 만들어 놓은 겁니다. 일이 이렇게까지 틀어질지는 몰랐지만."

"(1분 정도 들여다보더니) 열심히는 한 것 같소만, 적발된 사항이 가벼운 것이 아니오. 이것은 경우에 따라 경고장 수준으로 끝날 문제가 아니오."

"예, 거듭 죄송합니다. 모르고 그랬습니다. 어떤 처벌이든 받겠습니다. 하지만 꼭 참작은 해 주십시오."

감사관은 어이없어하면서도 신기해했다. 안타까운 눈빛도 분명히 있었다. 몇 주 후 단본부에서 내려온 처분 명령은 '경고장'이었다. 분명히 참작되었음을 알 수 있었다.

진짜 억울했다. 일을 열심히 한다고 증명받을 수 있는 기회라고 생각했는데, 그러기는커녕 큰 위기를 모면한 꼴이니. 하늘이 내게 겸손하라고 내린 처분이라 생각했다. 더욱 열심히 하라고 채찍질했다고 생각하기로 했다.

그런데 하고 싶은 말이 있다. 국군복지단은 단순히 매출액으로만 봐도 대기업 수준이다. 그런데 신기한 건 직원 교육을 전담하는 부서가 전혀 없다는 점이다. 선발하면 2~3주 정도 각 지원본부(사회로 따지면 지사 개념으로 보면 된다)에서 알아서 현장실습을 시키고 바로 투입한다. 맨땅에 헤딩하는 거다. 왜냐하면 마트 업무라는 것이 그렇게 눈 너머로 배운다고 해서 배워지는 게 아니고, 내 마트가 주어지지 않는 상황에서는 말 그대로 실습 정도만 하는 것이기 때문이다.

여러분에게 편의점 6개를 일주일에 넘겨준다고 생각해 보라. 체감이 되는가? 이건 분명 관리관 업무를 굉장히 단순하게 보는 것이라 생각했다. 이래서 '관리직'이 차별화되기 어려운 것이다.

내가 입사한 2013년만 해도 입사 3주차 때 한꺼번에 6개 마트를 인수받았다. 마트 운영을 해 본 적이 없는 입장에서 엄청나게 부담되는 일이다. 그래서 지금은 조금 바뀌었다. 우선 1개 마트를 맡게 한 뒤 한 달 뒤부터 순차적으로 마트를 넘겨주는 형식으로 말이다. 훨씬 좋아졌다. 그래도 결론은 교육을 담당하는 부서나 담당자는 전혀 없다는 것이 이해가 되지 않았다.

'이해'가 되지 않는다고 해서 '인정'을 못하는 사람은 아니다. 여기까지 읽은 독자들이라면 다들 무슨 말인지 알지 않는가? 이유야 어떻든 깨끗이 인정함과 동시에 새로운 꿈이 생기기 시작했다.

'그렇다면 내가 반드시 여기에 관리관 교육프로그램을 만들어 내고 말 테다.'

원래 기록을 중요하게 생각하기도 하지만, 경고장을 받고 나서 모든 업무를 더 꼼꼼히 기록으로 남겼다. 매뉴얼을 만들어야 하니까. 암묵지 속에 묻혀 있는 노하우를 형식지로 뽑아내야 하기 때문이었다. 비싼 돈 주고 배운 거니까 써먹어야 할 것 아닌가.

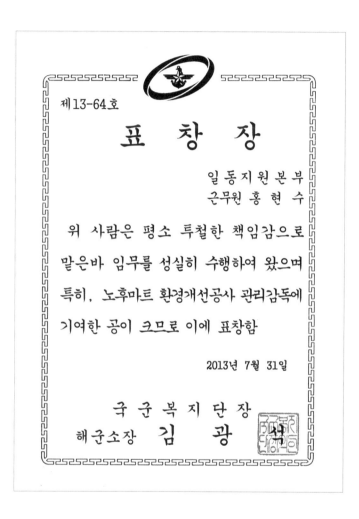

제13-64호

표 창 장

일동지원본부
근무원 홍 현 수

위 사람은 평소 투철한 책임감으로
맡은바 임무를 성실히 수행하여 왔으며
특히, 노후마트 환경개선공사 관리감독에
기여한 공이 크므로 이에 표창함

2013년 7월 31일

국 군 복 지 단 장
해군소장 김 광 석

'열심히 하지 말고 잘 하라'는 이야기를 많이 들어봤을 것이다. 의도는 무엇인지 알겠지만 불가능한 말이라 생각한다. 잘 하기 위해서는 반드시 열심히 해야 하는 기간이 필요한 법이다. 시행착오를 두려워해서는 안 된다. 그것이 젊은이들의 특권 아닐까? 또한 잘 하기 위해서는 '잘 하기 위한 교육', 즉 '바른 교육'이 필수적이다. 방법을 가르쳐 주지 않으면서 잘 하라고만 요구하고, 더 나아가 질책만 하는 것은 절대 공감대를 형성할 수 없을 뿐더러, 심한 경우 반감까지 갖게 할 수 있다.

그런 가운데서 마트 환경개선 공사도 했다. 벽에 구멍이 나 있던 그 마트를 리모델링하는 공사였다. 마찬가지로 하루하루 모든 것을 기록했고, 공사가 완료되었을 때 감사하다는 보고서도 만들어 본부에 보고했다. 누가 시켜서 한 게 아니었다. 그냥 그래야 한다고 생각했다. 별것 아닌 일일지도 모르지만 스스로 큰 의미를 부여하고 싶었다. 그러자 환경개선 관리감독에 기여한 공이 인정되어 '국군복지단장' 표창을 받았다. 입사한 지 5개월째인 7월 31일이었다.

부가업무에서 승패가 결정된다

눈코 뜰 새 없이 바쁜 중에 본부에서 연락이 왔다. 나에게 '친절서비스'에 대한 강의를 하라는 것이었다. 이건 완벽히 부가업무, 내가 안 해도 되는 일이다. 아마 아무도 안한다고 했을 것 같다. 이때 나의 필살기가 등장했다. 바로 '마인드맵'이다. 마인드맵으로 강의 자료를 만들고, 부족하지만 '친절서비스'에 대한 강의를 하게 되었다.

신철원에 아주 특이한 로또 판매소가 있다기에 가 보기도 했다. 빨간 양복에 빨간 중절모를 쓴 사장님이 매우 특이하게 복권을 판매하는 것도 조사했고, 우리 판매병과 동영상 촬영까지 해가며 최대한 재미있게 만들었다. 대형 마트에 가서 친절서비스 교육 자료를 몰래 빌려 오기도 했다. 이때 선배 관리관들과 참모들에게 꽤 좋은 인상을 주었던 것 같다.

시간은 잘도 흘러갔다. 경고장에 억울해하면서 열심히 작성한 기록들이 입사 9개월이 지난 11월 말 어느 정도 모였다. 이때 나는 판매병들에게 제안을 했다.

"우리는 마트 전문가들이다. 그렇지?"

"예, 그렇습니다."

"근데 우리만 전문가가 되어서는 의미가 없지 않냐? 누구라도 우리처럼 할 수 있는 무엇인가를 만들어 주는 게 어떻겠냐?"

"좋긴 한데, 그게 가능한 겁니까? 방법이?"

"그건 관리관이 제시해 줄 테니까 너희들은 현장에서 정말 필요한 부분이 무엇인지, 빠지는 것은 없는지 체크해라. 책상에서만 만들어진 노하우를 전파할 수는 없지 않냐?"

그렇게 만들어진 것이 '반납체크리스트'와 '판매병/점장 바인더'다. 즉 손으로 써서 업무를 관리하는 방법인데 중요한 것은 판매병들이 고민해서 만들어 냈다는 것이다. 특히 반납체크리스트는 100% 판매병의 아이디어에서 발전시킨 것이다. 일단 테스트 버전을 만들어 마트에서 실험해 봤다. 획기적이었다. 업무를 놓치는 일도 줄고, 병사들이 보고하는 질도 굉장히 향상되었다. 스스로 대견해하는 듯했다. 그런데 이것을 어떻게 전파시킬지, 이게 또 난관이었다. 본부장에게 보고를 했다.

본부장은 무척 신기해했다. 문제는 우리 판매관. 얼굴까지 빨개지면서 쓸데없는 것을 만들었다고 반대했다. 현재 하고 있는 것도 많은데 이런 것까지 어떻게 강제로 시킬 수 있느냐는 것이었다. 왜 홍현수 관리관은 이런 불필요한 짓을 하느냐고.

"물론 그동안 있었던 자료들, 훌륭합니다. 하지만 그전의 체크리

스트들은 체크해야 할 항목만 단순하게 나열해 놓은 것들입니다. 그것은 현장에서 거의 써먹지 못합니다. 제가 만든 것은 그동안의 모든 지침과 규정을 포함해서 만들었습니다. 중요한 것은 판매병들이 만들었다는 거죠. 현장에서 일하는 사람들이 만들어 냈다는 것에 의미가 큽니다."

"알아요. 좋은 건 아는데, 이런 걸 하라는 규정이 없잖아요."

"규정이야 만들면 되는 것 아닙니까? 아니 써보지도 않았는데 무슨 규정이 있을 수 있습니까? 일이 먼저 있고 규정이 생긴 거지, 그 반대는 아니지 않습니까?"

답답해 미치겠다는 판매관의 얼굴이 눈에 선하다. 판매관의 입장도 충분히 이해했다. 본부장도 살짝 고민스러운 눈치였다.

"좋습니다. 그럼 이렇게 하겠습니다. 이걸 강제로 하게 하지는 말아 주십시오. 저도 그걸 원하진 않습니다. 다만 원하는 사람은 쓸 수 있도록 허가해 주십시오. 거기에 들어가는 모든 제작비는 제가 부담하겠습니다."

그때 부담한 비용은 12만 원 정도였다. 그냥 즐거웠다. 무언가를 체계화하고 매뉴얼화하며 전파까지 하니 배움을 실천하는 기쁨이 있었다. 그때 신청한 관리관은 17명이고, 판매병용으로는 63권을 제작해서 배포했다. 그런데 생각보다 잘 쓰지 않아 또 설명서를 만들었다.

그때부터 나는 '특이한 놈'으로 찍히기 시작한 것 같다. 하지만 나는 내가 세운 사명에 입각하여 해 볼 수 있는 것을 해 본 것뿐이다. 왜 그랬을까? 정말 고마운 직장이고 군대에 감사하기 때문이다.

피곤하긴 했지만 지치진 않았다. 부가업무에서 승부수가 나지만 중요한 것은 기본업무가 된다는 가정 하에서다. 기본업무도 되지 않는데 부가업무를 할 수는 없다. 해도 그건 욕만 먹게 될 뿐이다.

관리관에게 있어서 기본업무는 '마트 운영' 이다. 그래서 기본업무를 잘 할 수 있는 도구를 개발하여 전해 주고 싶었다. 왜냐하면 그 다음 콘셉트가 있었다. 관리관은 물건을 파는 사람이 아니라 꿈을 파는 사람이 되어야 하기 때문이다.

앞에서도 말했지만 단순 관리직은 차별화하기가 매우 제한된다. 아무나 그 자리에 앉혀 놓으면 할 수 있다고 하지 않았는가? 관리관에 대한 교육프로그램이 없는 것도, 관리관이 그렇게 존재감이 없는 이유도 결국 '관리직' 이라는 한계 때문으로 판단했다. 그럼 그 한계점을 무엇으로 차별화해야 할까? 그건 바로 관리관은 '군인들이 꿈을 이루도록 돕는 사람들' 이라는 것이다.

냉정하게 볼 때 사회의 편의점과 군 마트를 비교해 보면 가격적인 메리트 말고는 좋은 게 없다. 그들의 유통망이나 운영시스템은 우리보다 훨씬 발달되어 있고, 물품 종류나 진열도 전문적이다. 그에 비해 우리의 강점은 '이윤' 을 추구하는 집단이 아니라는 점, 즉 매출에서 비교적 자유롭다는 점이다. 그래서 '관리관은 꿈을 파는 사람' 이 승산이 있다는 것이다.

어쨌든 많이 사용하지 않아 첫 번째 도전은 실패했다. 지속적인 강의나 피드백을 주었다면 성공했을 수도 있다. 하지만 시간이 없었다. 내 마트 챙기기도 빠듯했다. 그래서 교육 전담부서가 있어야 한다고 확신한다. 월급 몇만 원 더 받는 것도 중요하지만, 우리가 하고 있는 업무에 부가가치를 더하고, 아무나 할 수 없는 것을 만들어 나가는 것이 중요하다. 이러니 허구한 날 대기업들이 넘보는 것이다. 쉬워 보이니까. 아무나 할 수 있으니까. 물건 받아 진열하고 바코드 찍고, 송금이나 하는 사람으로 보니까.

친절서비스 교육을 하고 난 후 얼마 안 되어 나는 '보급관'이라는 참모 직위로 옮겼다. 좋게 봐준 본부장님과 참모님들이 적극 추천했다고 한다. 국군복지단에 입사한 지 정확히 일 년. 아직 무기 계약직이 되지도 않은 상황이어서 이례적인 인사였다. 보급관은 관리관을 돕는 자리지만 경우에 따라서는 통제도 가능하다. 관할하는 자금만 한 달에 수십억이 넘는다. 통상 고참급 관리관이 할 수 있는 자리를 입사 일 년 신출내기가 들어간 것이다. 궁지에 몰린 대위 출신이 트럭을 몰고 땀을 흘린 때부터 계산하면 정확히 1년 7개월 만이었다.

그때 마트 관리관 생활을 마무리하고 6개 마트를 인계하면서 나온 종합 결과는 결손 0, 잉여 1만 원 정도였다. 우리 판매병들이 얼마나 엘리트답게 근무했는지 알 수 있는 증거다. 많은 분들이 축하해 주고 지지해 주었다. 하지만 분명 그렇지 않은 이들도 있다는 것을 느끼고 있었다.

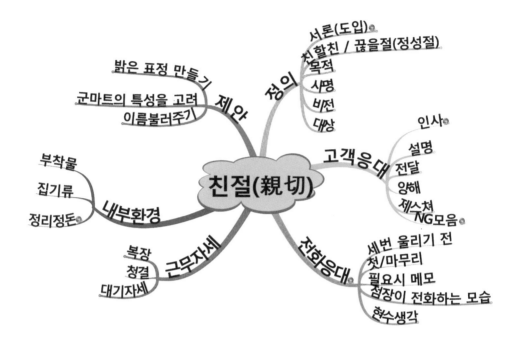

마인드맵을 활용하여 '친절서비스' 교육을 했다. '친절'이라는 중심 글자를 기준으로 뻗어 있는 많은 가지들에 동영상이나 이미지를 첨부할 수 있어, 논리적인 흐름이 끊이지 않게 프레젠테이션을 할 수 있다. 남들이 하기 싫어하는 것에는 반드시 '기회'가 숨어 있음을 깨달았다.

세계 최초 마트관리관 교육프로그램

"관리관 교육프로그램을 만들어 보겠습니다. 허락해 주십시오."

보급관은 본부장을 가장 가까운 곳에서 보좌하는 자리다. 그래서 핵심 참모 중 하나로 인정해 준다. 나는 좋은 기회라고 판단했고, 틈만 나면 본부장을 졸라댔다. 꾸준히 설득하여 본부장도 충분히 공감은 했지만 '그게 현실적으로 가능하겠냐'는 부분에서는 다소 회의적이었다. 그렇다고 여기서 멈출 수는 없었다. 나는 회식할 때도 운동할 때도 수행 중 차 안에서도 그 얘기를 한 결과 반허락을 받아냈다.

"정 그렇다면 네가 알아서 해 봐. 대신 더 이상 도와줄 순 없다."

"본부장님의 허락이면 더 이상 도와주실 것 없습니다. 감사합니다."

본부장의 결재가 났는데 더 이상 무엇이 필요하겠는가. 가장 먼저 한 일은 팀을 꾸리는 것이었다. 이건 혼자 추진할 사안이 아니어서 입사 10년 이상의 베테랑 관리관 두 분을 설득했다. 똑같았다. 충분히 공감은 하면서도 가능하겠냐는 거였다. 전산실장도 미소만 지을 뿐이었다. 그래서 여유 있게 필살기를 날렸다.

"본부장님 결재 났는데요."

문제는 커리큘럼이었다. 어떤 식으로 교육해야 신임 관리관들에게 꼭 필요한 도움을 줄 수 있느냐가 관건이었다. 기간은 12주로 했다. 그러자 너무 길다고 난리가 났다. 8주로 수정했지만 매일 교육하는 것이 아니고 일주일에 한 번, 여덟 번 모이는 것이다. 대신 매주 미션을 부여하고 그 미션을 완료하는 방식이었다. 그동안 어깨너머 배우는 방식이 아닌 내 마트에서 직접 미션을 수행하면서 배우는 것이다. 이건 충분히 교육이 되는 방식이다.

관리관은 사무실에 모여서 일하는 조직이 아니다. 각자 자기 지역에서 업무를 하다 보니 서로 잘 모르는 경우도 있다. 그래서 단합도 잘 안 되고, 각자의 의견이 강한 것이 단점이다.

가장 큰 문제는 인수인계다. 모여서 일하는 집단이 아니니 노하우를 공유하고 싶어도 잘 안 된다. 내가 보급관 인수를 받았을 때도 마찬가지였다. 전임자는 내게 인계하고 관리관으로 나가야 하는 입장이었기 때문에 꼼꼼히 인수인계가 될 리 만무했다. 엑셀도 하지 못했지만 포기할 내가 아니었다. 매주 토요일 벽제 지원본부로 갔다. 그곳에 베테랑 보급관이 있다는 소문을 들었기 때문이다.

"저 좀 살려 주세요. 저 하나도 몰라요."

토요일마다 만나 달라는데 누가 반가워하겠는가. 3개월 동안 보급관이 안 계시면 보급병을 붙잡고 매달렸다. 벽제에서도 정말 지긋지긋했을 것이다. 나의 스승인 오권석 보급관님께 감사드리고, 보급병이던 이환욱 병장에게도 고맙다.

어쨌든 수많은 언덕을 넘어 관리관 교육프로그램을 만들어 냈다. 교관은 홍현수, 김종현, 변병주 팀장, 전산교관은 박경화 전산실장 등 총 4명이고, 학생은 전입 일 년 미만 관리관 5명(김세훈, 최현남, 안용호, 김광호, 이승재)이었다. 공식명칭은 '점장프로 1기', 콘셉트는 '꿈을 파는 관리관'이었다. 8주간의 여정이 너무 바빠서 정신없었지만 모두 하나로 뭉쳐 수료식까지 완료했다. 입사 88일 만에 경고장을 받고 억울해하며 꿈꿔 왔던 관리관 교육프로그램을 드디어 완성한 순간이었다.

이러한 부가업무들도 열심히 해야 한다는 것을 군대에서 배웠다. 부가업무의 특징은 '아무도 안하려고' 한다는 것이다. 나는 여기에 기회가 있다고 본다. 누구나 하려고 한다면 웬만큼 해서는 빛을 보기 어렵다. 성공과 실패를 떠나 소중히 여겨야 한다.

내가 현역일 때도 대대장이 전입 신병들의 빠른 부대 적응을 위한 '부대 홍보영화'를 만들라는 지시를 내린 적이 있었다. 그건 100% 부가업무였고, 시켜서 한 것이다. 어떤 지원도 없었다. 대신 시간은 넉넉히 주겠다고 했다. 나는 팀을 만들어 진행했고, 획기적이었다. 그런데 기대만큼 성공적이지 못했으나 정말 즐거운 경험이었다.

중요한 점은 그 경험을 사회에서 활용하게 될지 몰랐다는 것이다. 역시 점장프로 과정도 현재로서는 실패다. 아직 2기가 탄생하지 않았기 때문이다. 하지만 이젠 실패 자체가 성공으로 느껴진다. 실패를 즐긴다고 할까. 실패도 아무나 하는 것이 아니다. 도전하지 않는 사람은 실패할 자격도 주어지지 않는다.

점장프로 1기 1일차 교육 모습. 마트관리관은 물건을 파는 사람이 아니라 꿈을 파는 사람이다. 군인들이 꿈을 이룰 수 있도록 가장 가까이에서 돕는 조력자다.

오늘 당장 행복해지는 연습

'아, 진짜 대학만 가면 모든 게 해결될 텐데….'

고3 때 내가 간절히 바랐던 것은 '빨리 수능만 끝나면' 이었다. 수능만 끝나면 대단히 행복해질 줄 알았다. 혹시 수능을 잘 봤으면 그랬을까? 아니, 그렇지 않았을 것 같다. 그래도 강남 8학군에 속한 고등학교를 졸업했다. 명문대는 아니라 하더라도 'in 서울'은 할 수 있을 거라고 생각했는데, 그렇지 않았다. 원래 공부 체질이 아니라 재수할 생각은 하지 못했고, 어찌어찌 점수 맞춰서 간 곳은 지방 국립대. 거기서라도 정신을 바짝 차렸으면 되었을 것을. '아, 진짜 군대만 가면 모든 게 해결될 텐데…'라며 같은 실수를 반복하고 있었다.

군대생활이든 사회생활이든 흔히 듣게 되는 말은 참고 인내하라는 말이다. 참을 인 자 세 개면 살인도 면할 수 있다고 한다. 조금 부드럽게는 '피할 수 없으면 즐기라' 한다. 그런데 아무리 즐기려고 해도 그렇게 되지 않는다. 참고 인내하는 것도 사람인 이상 한계가 있다. 참고 인내하니까 상대방이 우습게 보는 것 같기도 했다.

군대에서도 해결되는 문제는 없었다. 전역해서도 절대 행복해지지 않았다. 이렇게 해결되지 않을 것 같았던 쳇바퀴 같은 상황을 빠져나올 수 있었던 계기는 역설적이게도 '극한의 상황'이었다. 내가 전역을 한 후 경험한 일 중에서 가장 허드렛일이라고 할 수 있는 것은 노량진 고시원 '화장실 청소'와 '군납 트럭기사' 일이다.

그런데 이 두 가지 일을 대하는 태도는 굉장한 차이가 있었다. '화장실 청소'는 창피했다. 누구에게도 들키고 싶지 않았다. 이른 새벽부터 시작해서 3시간 정도면 끝나기 때문에 아주 좋았다. 혼자 하면 되니까. 그리고 잠깐만 할 일이라고 생각했다. 내 인생의 어떤 '이벤트'쯤 되는 일이라고 생각했던 것 같다. 반면에 '군납 트럭기사'는 근본 태도부터 달랐다. 목숨을 걸었고, 물러설 수 없었다. 어차피 나는 실패자였기 때문에 더 이상 창피할 것도 없었고, 하루 평균 12시간 이상 평생 뼈를 묻을 각오로 일했다.

거기서 깊이 깨달은 것이 있다. 자기가 맡은 일이 어떤 것이든 진지하게 생각하고 모든 것을 걸고 일하면 재미가 있다는 사실이다. 재미 있는 일을 하는 것보다 일에 몰입하니까 재미있더라는 것이다. 이 순서를 잘 기억하기 바란다. 어쩌면 '적성'이라는 것, 내 적성에 맞는 일을 찾아서 하겠다는 것은 당시 내게는 '배부른 소리'로 느껴졌었다. 그리고 일에 몰입하니까 오늘이 너무 즐거웠다. 내일조차 생각할 겨를이 없었다. 결국 '오늘'이 행복해야 내일이 있다고 알게 된 것이다.

　이것은 앞에서 말한 '하루살이 정신'과 같다. 여러분이 군대생활하면서 해야 할 중요한 연습은 '인내'하는 방법도 중요하지만 '재미'를 찾는 방법이라고 생각한다. 다시 말하면 '몰입'하는 방법을 찾고, 그렇게 해 보라는 것이다. 그러면 자연스럽게 '재미'가 찾아온다. 나는 트럭기사라는 극한 상황까지 내몰리면서 그것을 깨달았다. 여러분은 어떤가? 여러분도 지금 나름대로 극한 상황 아닌가?

　국군복지단에 와서 수많은 반대와 실패를 거듭하면서도 헤쳐나갈 수 있었던 것은 '참고 인내해서'가 아니었다. '재미' 있어서 그랬다. 여러분도 할 수 있다. 지금 당장 군대에 있더라도 충분히 느낄 수 있다.

　예를 들어 여러분 중에 부동산에 관심이 있는 사람이 있다고 하자. 그럼 이렇게 물어보겠다. 지금 부대에서 가장 사람이 많이 지나다니는 길목은 어디인가? 어디에 자판기를 설치하면 가장 매출을 많이 올릴 수 있겠는가? 만일 여러분 중 요리에 관심이 있는 사람이 있다고 하자. 방금 전에 먹은 점심 식사에서 어떤 메뉴가 미흡하다고 생각하는가? 무엇을 더 첨가하거나 빼면 좋았을 거라고 생각하는가?

　우리가 잘 알고 있는 방송인 '백종원' 씨가 장교 출신이라는 것을 알고 있는가? 혹시 그 사람이 군대 있을 때 취사반에서 일을 했다면 믿어지는가? 나도 정말 깜짝 놀랐다. 물론 정식으로 취사반에 보직을 받고 일한 것은 아니었다고 하지만, 그만큼 요리에 대한 열정을 군대에서도 유감없이 발휘했던 게 아닐까?

　여러분의 꿈을 가로막고 있는 것은 '상황'이 아니라고 생각한다.

그것은 스스로 설정해 놓은 '한계' 때문이 아닐까? 그만큼 여러분의 열망이 약하다는 반증 아닐까? 어떤 상황에서도 자신의 꿈을 이루어 가는 분들은 분명 '재미'가 있어서 할 것이라 확신한다. '재미'가 있기 때문에 행복한 것이고, 오늘 그 행복을 맛보았기 때문에 내일도 가슴이 두근거리는 것이다.

정말 재미없다고 생각하는 이 군대라는 곳에서 여러분이 '재미'를 찾을 수 있다면, 그래서 행복해지는 연습을 할 수 있다면, 전역 후 사회에 나가더라도 결코 걱정할 것이 없다. 그 능력은 아무나 가질 수 있는 것이 아니라고 확신한다.

정답은 내일이 아니라 오늘에 있다. 참고 인내하는 것보다는 재미있기를 바란다. 재미를 다른 곳에서 찾지 말고, 지금 여러분이 있는 그 자리에서 찾아보라. 앞뒤 재지 말고 그냥 몰입해 보면 분명히 느낄 수 있을 것이다. 행복은 작고 사소한 것에서도 얼마든지 찾을 수 있는 것이다.

땡큐 레터 5. 의미 있었던 21개월…

대한민국 남자라면 누구나 넘어야 하는 군대. 그 21개월이라는 시간은 누군가에게는 지옥 같은 시간이고, 또 누군가에게는 여러 방면에서 훈련을 받는 귀중한 시간이 된다.

나는 스물여덟이라는 늦은 나이에 입대하여 서른에 접어들어 전역을 하였다. 사실 나이가 많고 적음은 군생활에 적응해 나가는 데 있어서 큰 걸림돌이 되지는 않았다. 흔히들 말하는 병 상호 간 계급 차이에 따른 대우에 관한 것은 나이가 많고 적음에 관계가 없었다. 그냥 어떤 사람을 만나고 겪게 되느냐가 관건이었다.

물론 군생활을 하는 태도나 일처리 과정에서 기대치나 평가에 어느 정도 차이는 있었을 것이다. 그러나 일반적으로 군생활이라고 했을 때 가장 큰 부분을 차지하는 것은 어떤 내용의 일을 하였는가보다는 어떤 사람들을 만나고 함께해 왔느냐가 더 큰 부분을 차지한다고 생각한다.

나는 기독교인이다. 그냥 기독교인이 아니라 앞으로 목회자의 길을 가려고 하는 사람이다. 내 인간관계의 대부분이 같은 기독교인들이고, 기독교 세계관에 갇혀 있다시피 살아왔다. 그래서 군대에서 만난 사람들은 어쩌면 인생에 있어서 처음으로 접해 본 기독교 밖의 사람들이었다. 기대감과 두려움 두 가지 상반된 감정이 교차하는 가운데 군생활을 시작하게 되었고, 역시 다양한 부류의 사람들을 만나고 겪었다.

전혀 다른 가치관을 가지고 전혀 다른 문화권에서 살아온 사람들이 바로 군대에서 만난 사람들이었다. 이것은 분명 기독교인이냐 비기독교인이냐의 문제는 아니다. 평소 사회에서라면 전혀 접점이 없었을 다양한 사람들을 만나는 일이기에 정도의 차이는 있어도 누구나 동일하게 겪게 될 경험인 것이다.

개인적으로 군대를 늦게 가서 다행이라는 생각을 해 본다. 가정을 한다는 것이 무의미하긴 하지만, 내가 만일 대다수 남자들이 군대에 가는 나이, 20대 초반에 군생활을 하였다면 어땠을까?

그 21개월이라는 시간은 그냥 통째로 버리는 시간이 되진 않았을까 하는 생각이 든다. 철도 없고 아무런 주관도 없는 그 시절에 와서 아무 생각 없이 군대에서 만난 사람들의 사상이나 가치관에 이리저리 휘둘리며 기독교인으로서 붙잡아야 할 중요한 가치관을 놓치게 되진 않았을까라는 생각이다.

나이가 든 만큼 한 걸음 뒤로 물러서서 겪게 되는 수많은 일들을 곱씹으며 사람을 파악하고, 시대를 파악하고, 앞으로 어떠한 방향으로 인생길(목회자의 길)을 걸어 나갈지에 대한 깊은 고민을 하는 시간들이었다. 사회에서 겪을 수많은 상황과 입장들, 부조리를 당하거나 행하게 되는 상황, 억울한 일을 당하거나 당하게 만드는 상황, 심지어는 이등병에서부터 병장에 이르기까지 밑바닥과 나름의 권력을 가진 권력자의 경험까지, 인생길을 걸어가며 처할 수많은 경우들을 겪으며 '나'라는 사람이 어떤 사람인지를 실제적으로 느껴보는 그런 시간들이었다.

이 편지는 보급관을 할 때 같이 일했던 보급병의 편지다. 김윤우 병장. 이 친구는 좀 늦은 스물아홉 살에 입대했으며, 침례교 신학대

학원에서 석사학위까지 받았다.

　가장 어렵고 힘든 보급관 시절, 그가 내 옆에서 지원해 주었다는 것은 좀 더 특별한 의미를 갖기에 충분했다. 나이가 있어서 그런지 몰라도 훨씬 성숙하고 든든한 지원군이었던 것으로 기억한다. 편지에서도 깊이가 느껴지는데, 역시 만남을 굉장히 중요하게 언급했다.

군대는
엘리트 대학이다

강한 체력은 기본

"아마 평생 할 운동 거기서 다 할 겁니다."

3사관학교에 입교하던 날, 택시기사가 넌지시 건넨 말이다. 그때 내 몸무게는 정확히 102킬로그램, 0.1톤을 조금 넘었다. 나와 같은 사람 10명이면 1톤 트럭이 꽉 찬다는 말이다. 그런 내 몸을 아래위로 훑어보던 택시기사는 안쓰럽다는 듯 파이팅을 외쳐 주었다.

잔뜩 긴장한 채 입교한 사관학교. 첫날은 16시간 동안 한 번도 못 앉게 했다. 밥 먹을 때 빼고 잠자리에 들 때까지 단 한 번도 엉덩이를 땅에 내려놓지 못하게 했던 것이다. 그날 잠자리에 들 때 진짜 온몸이 뻐근했다. 특별히 뛴 것도 아니고 기합을 받은 것도 아닌데, 그 정도로 힘들다는 게 신기했다. 이튿날부터의 기억은 지금도 고개를 절레절레 흔들게 한다.

"귀관! 살이 흐른다, 흘러. 그게 뭔가? 형편 없구만!"

"예, 죄송합니다. 열심히 빼겠습니다."

"장교가 될 사관후보생은 '죄송'하다고 하지 않는다. 알았나!"

"죄… 죄송… 예, 알겠습니다!"

"엎드려!"

장교가 될 사람들을 '사관후보생'이라고 한다. 이를 길러내는 사람들은 훈육장교, 훈육장교를 통제하는 사람은 훈육대장이다. 나는 2중대 소속으로 정말 똥꼬가 쫄깃하게 뛰어다녔다. 그 택시기사는 사관후보생으로서의 나의 미래를 보았던 것이다. 그 돼지 후보생이 중대장도 자원했다. 선배가 조언해 준 게 기억났기 때문이다.

"현수야, 이삼 일 정도 되면 중대장 후보생 할 사람 없냐고 물어볼 거다. 앞뒤 재지 말고 무조건 뛰어나가!"

그렇게 뛰어다니다 보니 저울은 정확히 78킬로그램을 표시하고 있었다. 4주 만에 24킬로그램이 감량된 것이다. 그 기록은 당시 후보생들 사이에서도 1위였고, 내 인생에서도 전무후무한 기록이다. 동기들과 함께한 그 12주간의 뜨거운 훈련은 지금까지도 훈훈하게 기억하고 있다. 여러분도 그렇지 않은가?

군인의 가장 필수 덕목은 누가 뭐라 해도 체력이다. 이것은 병과를 불문한다. 어떤 병과든 군인으로서 기본적으로 갖추어야 할 일정기준의 체력조건을 요구한다. 그래서 매년 체력측정을 한다. 102킬로그램의 거구로는 군인으로서 정상적인 임무수행이 다소 제한될 확률이 높다. 사관학교 훈련도 매우 강도가 높긴 했지만 스스로 살을 빼기 위해 엄청나게 노력했다.

아이러니하긴 하지만, 전역해서 그 강도 높았던 체력훈련이 빛을 발했던 것은 '군납 트럭기사'를 할 때였다. 그때 전역한 지 벌써 5년 가까이 되었기 때문에 사실 몸무게가 원점으로 돌아가고 있었다. 여러분도 잘 기억하길 바란다. 군대에서 운동시키는 게 귀찮고 힘들지만, 전역하면 아무도 운동시켜 주지 않는다. 그럼 영락없다. 요요현상은 동서고금을 막론하고 진리이기 때문이다.

내가 몰았던 5톤 트럭은 18년 된 것이었다. 굴러가는 게 신기했는데, 문제는 그 방대한 적재함에 물건들을 하나하나 수작업으로 싣고 내린다는 것이다. 혹시 택배회사에서 상차 아르바이트를 해 본 적이 있다면 그와 유사하다고 보면 된다. 술을 납품할 경우, 최고 13파레트를 싣고 일일이 손으로 내린 적도 있다. 물론 그 정도 싣고 갈 때는 보조를 데리고 가지만 입에서 단내가 난다. 몸에서는 괴상한 땀냄새가 진동한다. 그런 일들을 웃으면서 감내할 수 있었던 것은 그 냄새가 사관후보생 때 내 몸에서 났던 냄새와 똑같았기 때문이다.

감사하게 생각하길 바란다. 전역을 해도 건강해야 뭐든 할 수 있다. 때로 카레밥이 나오더라도, 짜장밥이 나오더라도 감사하며 맛있게 먹어라. 그래도 최고의 영양사가 모든 것을 고려해서 만든 식단이다.

어디로 쳐들어올지 모르는 적들을 방어하기 위해서 군인은 기본적으로 강한 체력을 가지고 있어야 한다. 군에 있을 때 열심히 체력을 길러 단단한 몸을 경험하고 나가길 바란다.

독서와 글쓰기 – 문무를 겸비한 자

잔소리처럼 반복해서 강조한 것은 '독서'다. 독서를 해야 뭘 해도 한다고 생각한다. 머리에 들어오는 게 있어야 한다. 들어오는 게 있어야 변형도 해 보고 창조도 할 수 있다. 총 잘 쏘고 칼만 잘 쓰는 군인의 시대는 끝났다. 아니 과거에도 없었다. 군인은 반드시 '문무'를 겸비해야 한다.

사실 나도 현역일 때는 그렇게 독서를 많이 하지 못했다. 책도 '돈'이나 '재테크' 등에 관한 것들만 주로 읽었다. 당시 그런 책들이 베스트셀러 상위권을 차지하고 있었고, 전역하면 돈을 많이 벌고 싶었기 때문에 그런 책들만 눈에 들어왔다. 단호하게 말하자면, 아직은 그런 책들을 읽지 않아도 된다. 수십 억 재산가 할아버지가 나에게 했던 말 기억하는가?

"젊은 사람이 왜 벌써 이런 걸 해?"

책을 읽다 보면 느껴지는 게 있다. 작가가 진심을 담아서 쓴 책인지, 작가의 경험이 녹아 있는 책인지. 아니면 오로지 베스트셀러가 되기 위해 요렇게 저렇게 짜깁기한 책인지 느껴진다. '책'도 거짓말을 한다는 말이다.

내가 전역 후 화장실 청소, 방과 후 교사, 트럭기사, PX관리관, 보급관까지 모든 행동과 도전은 책이 알려 주었다고 해도 과언이 아니다. 대표적으로 《일하는 사람을 위한 노트법》(히구치 다케오), 《인생은 프레젠테이션이다》(토니제어리 외 2인), 《강점혁명》(마커스 버킹엄), 《이기는 습관》(전옥표), 《공부의 비결》(세바스티안 라이트너), 《바인더의 힘》(강규형) 등이 있고 《사랑의 5가지 언어》(게리채프먼)는 아내는 물론 주변 사람들의 특성을 이해하는 데 결정적인 기여를 했다. 물론 적극적인 내 성격도 도움이 되었지만, 여러분도 좋은 책과의 만남을 많이 가져야 한다.

책을 읽는 것보다 더 중요한 것은 나누어야 한다는 것이다. 내가 읽은 이 책의 작가가 무슨 말을 하는지, 그래서 어떻게 해 보았다든지, 그랬더니 성공을 했다든지, 실패를 했다든지 등을 나누어야 한다. 독서만 많이 하고 실천하지 않으면 의미 없는 지식이 될 뿐더러 독선적이 될 수도 있다. 이것은 굉장히 위험한 것이다.

군대는 독서를 하기에도 좋고, 그것을 나누기에도 완벽한 환경이다. 물론 군대라고 해서 독서를 강제해선 안 된다고 생각한다. 책에 대한 거부감을 더 가질 수도 있으니까. 다만 책을 많이 읽는 리더들이 자꾸 유도해 보는 것은 어떨지 기대해 본다. 이미 그런 이들이 많다는 걸 알고 있다. 생활관에 모여서 이번 주에 독서한 것들에 대해 토론하는 모습, 점점 발전하는 모습을 전우들에게 자연스럽게 보여 준다면 얼마나 좋을까. 허구한 날 걸그룹만 보지 말고, 드라마 다시보기만 하지 말고 말이다.

그래서 나도 초급간부들과 지역주민을 대상으로 한 독서모임 '이동나비'를 일 년째 진행하고 있다. '나비'는 '나로부터 비롯되는 변화'의 줄임말이다. 이는 '3P바인더'에서 차용한 독서모임이다. 처음엔 어색하고 쑥스러워하던 사람들이 지금은 각자 자료를 준비해 와서 발표할 정도의 수준으로 발전했다.

독서를 하고 그것을 나누다 보면 어느 순간 뭔가를 쓰고 싶다는 갈망이 생긴다. 수많은 저자들과 독서를 통해 대화하고 사색하고 나누다 보면 자연스럽게 나만의 생각과 아이디어가 떠오르고, 어떤 문제에 대해 전혀 다른 각도에서 바라보는 능력이 자라난다. 그땐 주저하지 말고 써보는 것도 좋다.

그렇게 거창한 건 아니지만 나는 군에 있으면서 틈틈이 일기를 썼다. 책을 많이 읽어서가 아니라 그렇게라도 쓰지 않으면 버티지 못할 것 같아서다. 일기를 쓰면서 말로 설명하기 어려운 기쁨 같은 것이 있었다. 당시 싸이월드에 그냥 써두었던 일기장을 이번에 공개하게 될지는 꿈에도 상상하지 못했다.

좋은 것이 있다면 모방하라. 한 개를 모방하면 표절이지만, 두 개를 모방하면 창조라고 한다. 좋은 사람이 있다면 찾아가서 스승으로 모셔라. 모두 다 스승이다. 물론 군대에 있을 땐 다소 제한적이지만 독서를 통해서 얼마든지 가능하다는 것을 꼭 말해 주고 싶다.

프로젝트와 시간관리의 달인

"일머리가 그렇게 없어가지고 어떻게 살래?"

책상 앞에서 공부만 하다가 현장에 나가면 흔히 듣게 되는 소리다. 나는 공부를 잘 하는 것도 아닌데 일머리도 없었다. 대략난감. 도대체 '일머리'가 뭐지? 그건 또 어떻게 키워야 할까.

공부를 잘 하는 것과 일머리가 좋은 것은 약간의 시간차가 발생하는 것 같다. 다행스럽게도 공부를 잘 하는 사람이 일도 잘 하는 경우를 많이 보았기 때문이다. 처음에 어색해서 잘 적응이 안 되어 있을 뿐이다. 일머리 좋다는 소리 듣고 싶으면, 다음 작업에 대비해서 움직이면 된다. 당구 잘 치는 사람이 다음 수를 보고 치지 않는가.

'일머리'라는 개념을 좀 더 근사하게 제시해 준 사람이 있다. 마인드맵 프로그램인 ThinkWise의 정영교 대표다. 그는 IQ, EQ와 비슷한 맥락으로 PQ(Project Quorient)를 제시했다.

일을 '목표와 일정이 있는 프로젝트'로 생각하는 순간 모든 것의 실마리가 보이기 시작합니다. '목표와 일정을 스스로 세우고 문제를 해결해 나가는 모든 능력'을 뜻하는 프로젝트 능력은 한마디로 '생각과 시간에 대한 자기 주도적 능력'이라고 할 수 있습니다.

그동안의 암기식, 주입식 학습법으로 인한 수동적인 태도를 버리고 공부와 일을 프로젝트 개념으로 접근하라는 것이다. 이것은 대단한 통찰력이다. 왜 이어령 전 문화부장관이 이 프로그램을 쓰고 있는지 알 것 같다.

내가 만든 판매병 바인더에도 '시간'의 개념이 들어간다. 즉 언제까지 끝내야 할지를 볼 수 있게 했다는 점이다. 그리고 일을 쪼개기도 용이하다. 일주일이라는 개략적인 시간 안에서 관리관들이 일을 할 수 있도록 해 놓은 것이다. 아무리 커보이는 엄청난 일이라도 쪼개기 앞에서는 당해 낼 재간이 없다. 쪼개진 작은 프로젝트 단위의 일들에 시간을 접목시켜 각각 언제까지 끝내겠다는 시간 개념이 들어가면 빠른 시간 안에 완벽히 해낼 수 있다.

군대에서는 철저한 시간관리 연습을 할 수 있다. 모든 일과는 이미 작성된 주간훈련 예정표에 의거하여 운영되며, 그것은 월간, 연간 계획으로까지 연동된다. 또한 각각의 계획들은 단위부대별 일정과 상황을 고려하여 작성된 것이다.

나는 교육장교 시절에 배웠다. 물론 셀 수도 없이 수정했다. 이럴거면 도대체 왜 이런 계획표를 만들었는지 도무지 이해가 되지 않았다. 이 역시 군대이고 융통성이 없기 때문이라고 덮어씌우기를 했었다. 예정표대로 전혀 못하는 날도 분명히 있었다. 한심하기 짝이 없다고 생각했다. 요식행위일 뿐이라고. 아마 병사들은 잘 모를 수도 있을 것이다. 군대를 아직 안 간 분들은 당연히 모를 것이고. 전쟁은 시간과의 싸움이다. 1초 차이로 승패가 결정될 수도 있다. 그래서 군대는 정확히 계획에 의거해서 운영된다.

어쨌든 나는 전역 후에 돈을 많이 들여서 시간관리법을 배우고, 여기저기 자기계발 프로그램을 접하면서 철저히 시간관리를 했는데, 개인의 계획임에도 수차례 변경을 해야 했다. 건강한 시간관리는 어느 정도 변경이 당연하다. 물론 너무 바꾸면 안 된다. 그렇지만 전혀 바뀌지 않는 시간관리는 없다는 것. 개인의 시간관리도 그러한데 하물며 조직의 시간관리는 어떻겠는가.

나는 교육장교 때 제대로 배웠는데도 군대라서 그런 거라고 편협한 생각을 갖고 있었다. 그때 열린 사고를 가지고 더 열심히 배웠다면 일부러 돈을 주고 배웠겠는가. 여러분은 이와 같은 시행착오를 겪지 말기 바란다.

부대 일정은 그렇다 치더라도 여러분의 오늘 하루 계획은 무엇인가? 부대 일정을 고려하고 식사시간과 휴식시간을 빼고 일과시간 때 무엇에 집중할 것이며, 일과시간이 끝나면 몇 시부터 몇 시까지 무엇을 할 것인지 세부계획이 있는가? 없다면 수시로 바뀌는 부대 일정을 탓하지 마라. 여러분은 바뀔 일정도 없지 않은가. 여러분이 정해 놓은 일정이 없다면 당연히 끌려다닐 수밖에 없는 것이다.

하버드 1학년 학생의 최우선 과제는 시간의 견적을 뽑는 것이라고 한다. 이를테면 책 한 권 읽는 데 얼마 걸리고, 리포트 쓰는 데 얼마 걸리는지 시간을 측정한다는 것이다. 그래야 2학년 올라가서 버텨낸다고 하는데, 시간의 견적을 뽑아 보지 않으면 예상을 할 수 없기 때문이다.

여러분은 어떤가? 활동복 상태에서 완전군장까지 완료하는 데 몇 분 걸리는가? 총기를 완전 분해했다가 다시 조립하는 데는? 전방에 보이는 저 초소까지 전력으로 달리면 몇 분이 걸리는가?

왜 그래야 하느냐고? 개인 정비를 하다가 갑자기 북한군 포탄이 연병장에 떨어진다면 본인 근무지까지 정위치하는 데 얼마쯤 걸리는지 측정해 볼 필요가 있지 않을까? '하버드 학생은 그런가 보다' 하고 넘길 수도 있지만, 지금 바로 실험해 볼 수 있는 것들을 찾아본 것이다.

나의 시간관리는 주로 3P바인더, 디지털 기록은 에버노트, 프로젝트 관리는 ThinkWise를 사용한다. 해군은 ThinkWise를 이미 사용하고 있고, 육군에도 곧 도입될 것이다. 사실 이 책도 ThinkWise를 활용하여 전체와 부분을 자유롭게 활보하며 썼다. 현재 ThinkWise는 시간관리까지 가능하도록 업그레이드되어 있다.

사실 나는 ThinkWise 덕분에 결혼에 성공했다. 평소에 관심도 없던 군수과장이 유격훈련 갔다 와서 갑자기 사귀자고 하는데 어떤 여자가 제정신으로 보겠는가? 다행인 것은 몇 달 전 ThinkWise를 가지고 전 간부 대상 '자살예방교육'을 한 적이 있는데 그때 스마트해 보였다고 했다. 그게 아니었다면 아마 아내를 만나지 못했을 것이다.

군대든 사회든 프로젝트와 시간관리는 매우 중요한 요소다. 우리 군인들이 이 점을 기억하고 업무를 추진해 간다면 사회에서도 충분히 능력을 인정받을 수 있을 것이다. 워드와 파워포인트, 엑셀 등을 주로 사용하기 때문에 그것이 다인 줄 알지만 ThinkWise와는 비교가 안 된다.

앞의 것은 부분에만 집착하는 경향이 있고, 전체 그림을 절대 보지 못하며, 제일 중요한 것은 핵심을 놓치기 쉬운 단점이 있다. 오탈자 찾고, 줄 간격, 자간, 장평 바꾸다가 시간 다 보냈다.

ThinkWise가 대한민국 토종프로그램이라는 것이 정말 자랑스럽다. 한 가지 힌트를 소개하자면, 아직 사회에서도 마인드맵을 잘 모른다. 안다 해도 잘 쓰지 못한다는 점이 바로 기회인 것이다.

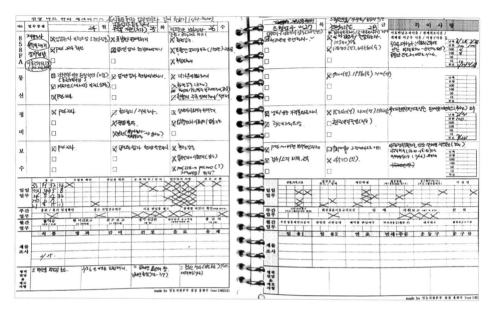

판매병 바인더를 개발하면서 점장 바인더도 개발했었다. 판매병과 내가 같이 수첩을 써 가면서 상호보완적인 업무를 하려고 했다. 일주일을 한눈에 볼 수 있고, 내가 운영하는 마트도 한눈에 볼 수 있었기 때문에 업무하기에 매우 용이했다. 내게 부여된 수많은 임무들을 잘게 쪼개고 그 것에 각각 시간을 붙이면 그게 바로 '프로젝트'가 되는 것이라고 한다. 무슨 일을 하든 어떤 가 치를 부여하느냐에 따라 그 일을 대하는 태도도 분명 달라질 수 있다.

목표와 지식관리는 생활이다

말도 없고 표정도 없는 그가 매년 연구강의대회 입상자였다는 것을 그의 동료인 김 상사를 통해 알게 되었다. 2003년 사단 연구강의대회를 위해 포병연대 대표 10명은 2주간 특명을 받고 인접부대에서 합숙하며 맹연습 중이었다. 그러나 그는 예외였다. 특별히 연습도 하지 않아 나날이 의구심만 커져 가는 가운데 드디어 대회날이 다가왔다.

그는 손동작, 어투, 어조 어느 하나 모자람이 없었다. 그야말로 명불허전. 적당한 유머까지 곁들여 강의하는 그가 정 상사가 맞나 싶었다. 결과는 그의 우승이었다.

"내가 잘 가르치지 못하면 부하는 죽어요. 최대한 기억에 남도록 해 주어야 해요."

하사 시절 학력이 낮은 병사들에게 재미있게 가르치기 위해 노력한 결과 이젠 연습도 필요 없다며 웃음 짓는 그에겐 열정과 사랑이 가득 차 있었다.

군생활 동안 가장 가까웠고 가장 사랑했던 정해웅 상사 이야기다. 탤런트 정재민 군의 아버지인 그는 내가 알고 있는 가장 멋진 군인이다. '유시진'에게 '서 상사'가 있었다면 '홍현수'에게는 '정 상사'가 있었다. 이때 연구강의대회에서 나는 당당히 꼴찌를 했지만 가장 큰 것을 배웠다. 군대에서의 지식관리는 나와 부하의 '목숨'을 담보로 해야 할 정도로 막중하다는 것이다.

어떤 이는 공부를 좀 못해서 군대나 가야겠다고 했단다. 군대 가면 공부 안 해도 되지 않느냐는 거다. 분명히 말하는데, 군대 공부 진짜 많이 한다. 병사들은 덜하지만 간부들은 무슨 말인지 알 것이다. 기초 군사훈련 때부터 시작되는 수많은 시험. 하나하나 모두 평가에 반영된다. 이것이 나중에 장기지원이나 진급에도 영향을 미치기 때문에 모두 눈에 불을 켜고 공부한다. 고등교육과정은 훨씬 심하다. 잠도 안 자고 공부하는 건 기본이다. 주특기 교육, 각종 시범식 교육, 전술훈련, 연구강의 등 일반 부대에서도 공부는 계속된다.

그래서 군인은 교육자이기도 하다. 부하를 가르쳐야 하는 선생이다. 그것이 사회에서 큰 도움이 된다. 나는 그 경험을 초등학교 방과후 교사를 하면서 그대로 활용했다.

목표에 대해, 즉 꿈과 사명에 대해서는 앞에서 충분히 강조했다. 그것은 개인적 차원의 목표와 꿈이었다. 군대에서 가장 큰 장점의 하나는 공동의 목표를 설정하는 연습을 할 수 있고, 그것을 이루어 냈을 때의 쾌감을 만끽할 수 있다는 것이다. 작게 보면 체육대회나 전투력 측정 때 모두 1등을 목표로 하나로 움직인다. 그래서 목표를 달성했을 때의 기쁨은 엄청나다. 좀 더 본연의 임무로 영역을 확장시킨다면 '이 고지를 사수한다'든지 '반드시 돌파해야 한다'는 것이 될 수 있겠다.

간부든 병사든 조직원들에게 하나의 힘을 발휘시켜야 할 때가 많이 발생하는 곳이 군대다. 그래서 설득도 할 줄 알아야 하고 감동도 시킬 줄 알아야 한다. 설득하고 감동을 주는 일을 하는 직업이 뭐가 있을까? 사회에서도 그런 능력이 뛰어난 직원은 분명 고급인력으로 활용될 것이다.

요즘엔 단순히 명령만 한다고 말을 듣는 세대가 아니기 때문에 더욱 그래야 한다. 이 얼마나 좋은가? 최고의 훈련장 아닌가? 사회 어디를 가도 그렇게 하기 싫어하는 사람들만 잔뜩 모아 놓은 곳은 없다.

최고의 리더십 훈련장

군대는 최고의 리더십 훈련장이다. 리더가 얼마나 외롭고 힘든지는 군대에서 알게 된다. 혼자 일할 때는 모른다. 나만 잘 하면 되니까. 하지만 애석하게도 세상엔 혼자서 할 수 있는 일만 있는 게 아니다. 조직에서 구성원들과 부대끼면서 일하다 보면, 때로는 불필요한 오해 때문에 조직원들이 내 마음 같지 않아 힘들다. 사회에서 직장인들이 일을 그만두는 이유는 일이 힘들어서가 아니다. 바로 '사람' 때문에 그만두는 경우가 많다.

군대는 부모의 품을 떠나 첫 번째 만나게 되는 사회조직이다. 그래서 어색하고 더 힘든 것 같고 왠지 서럽다. 그러나 여러분은 행운아다. 그 속에서 '사람'을 배우게 되고, '관계'를 배우게 되기 때문이다. 인문학 서적을 따로 읽을 필요가 없을 정도다. 왜냐고? 인문학 서적을 읽는 이유는 결국 사람을 알고자 함이므로.

군대에서는 사람들의 본성이 비교적 쉽게 보인다. 계급장이 있기 때문이다. 계급이 나보다 위일 경우, 그 사람은 나에게 긴장하지 않는다. 그럴 필요가 없다. 기분이 좋으면 좋은 대로, 짜증이 나면 짜증나는 대로 감추지 않고 보여 주게 된다. 그 사람의 그릇을 비교적 쉽게 파악할 수 있다. 여러분도 아랫사람에게 그럴 확률이 매우 높으므로 조심해야 한다.

그러나 사회는 다르다. 꼭꼭 감추고 있기 때문에 그 사람의 본성이 잘 보이지 않는다. 그래서 군대에서 더 많은 사람을 관찰하고 학습하는 것은 사회 나오기 전 매우 중요한 선행학습이 되는 것이다. 완벽하지 않은가. 같이 먹고 자고 생활까지 하는데.

세상에서 가장 힘든 부대는 '자기 부대'다. 전역한 사람들에게 물어보면 다들 자기 부대가 세상에서 제일 힘들었다고 한다. 그건 전투복을 입고 있는 현역 군인도 마찬가지다. 답도 없고 확인할 길도 없다. 누가 말리지 않으면 끝이 나질 않는다. 그래서 사회든 군대든 가장 중요한 것은 '만남의 축복'이다. 좋은 만남을 갖게 해 달라고 바라는 것이 현명하다. 어느 부대를 가느냐가 중요한 것이 아니라, 누구를 만나는가가 훨씬 중요하다. 그만큼 여러분도 누군가에게 좋은 사람이 되어야 하는 것은 물론이다.

리더는 군림하는 사람이 아니다. 섬기는 사람이다. 그래서 훨씬 많은 에너지가 필요하다. 누가 에너지를 주지도 않고, 스스로 만들어 내야 한다. 그런 훈련을 강도 높게 받을 수 있는 곳이 군대다. 자기계발을 하기 위한 것이 아니고, 취업을 준비하는 곳은 더더욱 아니다. 당장 어깨에 견장을 차 보라. 엄청난 무게를 느껴 봐야 리더가 얼마나 힘든 건지 알 수 있다.

가장 쉬운 것은 '비판'과 '비난'을 하는 것이다. 나라면 저렇게 안 할 것 같지만, 그게 꼭 그렇지만도 않다. 그래서 '대안' 없는 비판은 위험할 수 있고 말장난 수준을 벗어나지 못한다. 못마땅한 상관을 비난하기 전에 여러분이 그 자리에 있다면 그러지 않을 수 있는지 냉정하게 생각할 줄 알아야 한다. 안 그럴 거라고?

나는 어렸을 때 아버지를 잘 이해하지 못해 100% 어머니 편이었다. 힘들어하는 어머니 말씀만 옳다고 생각했고, 어머니를 힘들게 하는 아버지는 나쁜 사람이었다. 그런데 결혼을 하면서부터 그 생각이 깨지기 시작했다. 자식을 낳고 조금 더 이해가 되고, 자식을 키우는 지금 엄청 많이 이해하고 있다. 그렇게 싫어하던 아버지 모습이 내게도 참 많이 있다는 것이 충격이었고, 아버지가 왜 그러셨을지 눈물이 날 정도로 이해가 되었다.

'미워하면서 닮는다'는 말이 있다. 여러분 앞에 있는 사람을 미워하지 마라. 미워하면 닮는다. 그럼 어떻게 하면 좋을까. 눈치 빠른 분들은 이미 느꼈을 것이다. 먼저 '인정'하고 미워하면 된다. 그러면 닮지 않는다. 좋아하라는 것이 아니다. 그럴 수도 없다.

어느 날이었다. 사무실에서 정신없이 일하고 있는데 뒤통수에서 이런 말이 들려왔다.

"야, 점장 프로 하면 뭐하냐? 마트 가 보니까 완전 개판이던데."

분명 나 들으라고 하는 소리였다. 주변 사람들의 반응은 어떨까?

나는 최대한 환하게 웃으며 뒤를 돌아보았다.

"저런! 교육과정을 좀 더 강화해야겠군요. 개판이라니, 그런데 말입니다."

"……."

"운전면허 있다고 사고 안 납니까?"

"……."

상대방의 비난과 비판에 너무 상처받을 필요 없다. 대부분 대안이 없다. 그냥 그러려니 하면 된다. 물론 대안을 가지고 나를 비난하는 경우엔 진지하게 경청해야 한다. 하지만 아쉽게도 그런 사람은 별로 없다. 비난과 비판이 상호 발전을 위한 것이라면 정말 중요하지만, 비난과 비판만이 목적이라면 조심해야 한다. 요즘 사회에서 '헬조선'이란 단어가 유행인데, 가만히 보면 대안이 없는 비판이 가득하다. 역시 그러려니 하면 되는 것이다.

비난을 해야 먹고 사는 사람도 있다. 비판을 해야 배알 꼬인 게 풀리는 사람도 있다. 여러분 입장에서 가장 중요한 것은 그 지옥 같은 조선에서 어떻게 살아남는 방법을 배우느냐다. 지금 군대에 있다면 여러분은 행운아다. 군대에서 충분히 배울 수 있기 때문이다. 여러분은 젊디젊다. 그 지옥 같은 '헬조선'을 헤쳐나가 보겠다는 패기가 있지 않은가. 그것이 청년들이 가져야 할 자세다.

나 역시 헬조선에 공감한다. 하지만 크게 보면 '헬지구'가 맞지 않을까. 그리고 더 크게 보면 '헬조선' 뿐만 아니라 헬백제, 헬고구려, 헬신라' 였을 것이라 확신한다.

군대에 있을 때 다양한 리더들의 모습을 관찰하는 것은 매우 중요하다. 군림하는 리더, 섬기는 리더, 유능한 리더, 무능한 리더, 큰 그림을 잘 보는 리더, 작은 그림에만 집착하는 리더. 비판하고 비난하며 스트레스만 받지 말고 어떤 리더가 될 것인지 깊이 고민해 보라. 스스로의 모습을 만들어가는 중요한 기회가 될 것이다.

여러분을 괴롭히는 사람. 그 사람 때문에 스트레스를 받아 죽겠는 사람은 내 말을 꼭 기억했으면 좋겠다. 죽이고 싶을 정도로 미운 그 사람은 절대 여러분을 기억하지 못할 것이다.

실제로 나를 너무 괴롭혔던 그 사람에게 몇 년이 지난 후 전화 한 통 했다가 전혀 기억하지 못하는 목소리를 듣고 충격을 받은 적이 있다. 기억하지 못하는 척하는 것일지도 모르겠지만, 사실이든 아니든 나를 모르겠다고 한다. 그때 내 소속을 들이대며 "그래도 기억나지 않느냐?" 하니까 기억나는 척하던 목소리를 잊을 수가 없다.

여러분의 이름도 기억하지 못할 그 사람 때문에 스스로 무너지지 마라. 오히려 더 큰 그릇이 되어 반면교사로 삼길 바란다.

명예롭다면 언제든지

 "어이, 거기 정치인!"

"제가 잘 못 들은 거죠?"(안보실장)

"잘 못 들었으면 다시 잘 들어. 당신들에게 국가안보란 밀실에서 하는 정치이고 카메라 앞에서 떠드는 외교인지는 몰라도, 내 부하들에겐 청춘 다 바쳐 지키는 조국이고, 목숨 다 바쳐 수행하는 임무고 명령이야. 작전 중에 사망하거나 포로가 되었을 때 이름도 명예도 찾아주지 않는 조국의 부름에 영광스럽게 응하는 이유는 대한민국 국민의 생명이 곧 국가안보라는 믿음 때문이고. 지금부터 모든 책임은 사령관인 내가 질 테니까 당신은 넥타이 골라매고 기자들 모아다가 우아하게 정치해."

"책임을 진다면 군복을 벗을 수도 있다는 말입니까?"(안보실장)

"명예롭다면 언제든지."

'태양의 후예'에서 가장 울컥했던 장면이다. 당당하고 침착하게 말하는 윤 중장에게 정말 한눈에 반했다. 그런데 한 가지 동의할 수 없는 것이 있었다. '이름도 명예도 찾아주지 않는 조국' 이 부분이다. 아니다. 다소 늦을 수는 잊어도 군대는 끝까지 여러분을 책임진다.

앞에서 소개한 '이만석' 면대장님은 1970년대, 6년간 기갑장교로 군생활을 마치고 사회에 첫발을 디딘 분이다. 돈을 벌겠다는 마음으로 전역 후 첫 직장은 정미소였다. 그때 고생을 많이 했는데, 사회생활하면서 이건 좀 아니라는 생각을 갖고 있었다고 한다. 나도 비슷한 과정을 겪은 셈이다.

당시만 해도 예비군 중대장은 아무도 하기 싫어하는 기피 직업이었다. 마을에 예비역 대위가 있다는 사실을 알고 있는 이장이 거의 떠밀다시피 해서 지원했고 당연히 한번에 합격했다고 한다. 당시 면대장님도 군대의 품에 다시 돌아와 감개무량했고, 군대에서 많은 것을 받았으니 반드시 돌려주어야 한다고 다짐했다고 한다. 그러던 중 우연히 6·25 참전용사들이 잘 몰라서 국가유공자 혜택을 받지 못하는 것을 보고 그것을 찾아주는 데 평생을 매진하였다.

면대장님이 발굴해 낸 국가유공자만 70여 명이 넘는다. 정년퇴직한 지금도 모든 일을 이쪽에 집중하고 있다. 국가유공자 등록은 결코 쉬운 일이 아니다. 수많은 서류와 증명이 필요한데 이미 많이 분실되었거나, 오로지 연로한 어르신의 기억에 의지하는 경우도 많다. 그런 상황에서도 실오라기 같은 증거를 찾아내어 끝까지 명예를 찾아주는 가치 있는 일을 하고 있다.

군대에서는 '유해발굴단' 을 운영한다. 6·25 당시 시신도 찾지 못한 선배 군인들을 찾기 위해 대한민국 어디도 마다하지 않는다. 내가 현역 시절 대대장이었던 김종성 중령님도 퇴직 후 '유해발굴단'에서 선배님들의 명예를 돌려드리는 일을 쉬지 않고 있다. 아직도 우리 산야에는 수많은 선배님들이 묻혀 계신다.

이미 돌아가신 분만이 아니다. 군복무 중 다치거나 병을 얻은 경우도 마찬가지다. 내가 모셨던 '고 조찬성 대위님'도 복무 중 암에 걸려 2년여 투병 끝에 돌아가셨다. 그의 나이 겨우 서른한 살이었다. 다행히 근무 중 스트레스로 인한 발병이 인정되어 '국가유공자'가 되었고, 부인과 어린 두 딸은 부족하지만 국가의 보살핌을 받게 되었다.

전역을 해도 마찬가지다. 나는 2013년 예비역 소령으로 진급하였다. 잘 모르는 사람을 위해 간단히 말하면, 이미 전역한 자원 중 심사를 통해 선발된 우수 자원을 한 계급 진급시키는 제도다. 이는 전쟁을 대비한 목적도 있다. 즉 전쟁이 나면 나는 '대위'가 아니라 '소령' 계급장을 달고 참전한다. 이젠 예비역 대위가 아니라 예비역 소령이다. 또한 '우수 예비군'으로 선정되어 2014년 1월에는 향토예비군 잡지 〈향방저널〉과 인터뷰를 하였고, 4월에는 국방부장관 표창을 받았다. 현역 군인 때도 받아보지 못한 큰 상이었다. 이 모든 것은 이만석 면대장님의 지도와 사랑이 있었기에 가능한 일이었다.

내가 이야기하고 싶은 것은 '군대는 여러분을 끝까지 책임진다'는 말이다. 다소 늦을 수도 있다. 놓칠 수도 있다. 그렇다면 이만석 면대장님, 김종성 중령님 같은 분들이 끝까지 찾아줄 것이다. 걱정하지 말고, 힘들어하지 말고, 매사에 최선을 다해 생활하기 바란다. 사회에서도 이렇게 끝까지 책임지는 조직은 별로 없다.

여러분 덕에 발 뻗고 자고 있음을 나는 늘 감사하게 생각한다.

2014. 1 | 향토방위통권 제516호 1995년 10월 26일 등록(라-00103)

향방저널

신년특집
국방부 동원기획관 신년사
향토사단 개편에 대비한 예비전력 정예화 방향에 대한 제언
성과지향적 예비군훈련 체계 정착
2014년 예비군훈련 이렇게 준비한다!

안보칼럼
2014 한반도 안보정세 전망과 과제

탐방
21관리대대
포천시 통합방위협의회
포천시 이동면대
서울시 중랑구 여성예비군

이만석 면대장님과 함께 찍은 〈향방저널〉 표지 사진. 군대는 여러분을 끝까지 책임진다. 아무 걱정 하지 말고 더욱 열심히 군대생활에 매진하기 바란다. 여러분 덕분에 편히 잠을 청할 수 있기에 나는 늘 감사하게 생각한다.

지금 나는 광장에 옷을 벗고 서 있는 기분이다. 강한 군대를 만들어야 한다는 사명감에 불타올라 시작했지만, 어떤 이들은 '잘난 척한다'고 오해할지도 모르겠다. 그러나 나는 잘난 척할 만큼 성공한 경험이 없다. 서울 8학군 고등학교를 나와 지방대를 간 경험에서 시작해 장교로 군대 갔다와서 구질구질하게 생활한 5년, 어렵사리 들어간 직장에서도 일만 저질렀지 성공한 적이 없다. 온통 실패 경험뿐이다. 그렇지만 감히 용기를 낸다. 부끄럽지만 꼭 해야 할 일이라고 생각한다. 독자 여러분에게 딱 한 가지 당당한 것은 거짓이 없다는 것. 모든 진심을 담아 말씀드렸다는 점이다.

대한민국은 최고의 나라다. 그런데 어떤 이는 우리나라에서는 영웅이 나타날 수 없다고 한다. 우리나라 사람은 '사촌이 땅을 사면 배가 아픈 민족'이기 때문에 남 잘되는 것을 못 본다고 한다. 진심으로 기뻐하고 축하해 주기보다 깎아내리고 눌러 버리는 민족이란다. '정말 그럴까?' 만약 그 의견이 사실이라면, 우리나라는 진즉 없어졌어야 맞다.

수많은 외침과 탄압에도 대한민국이 존재해 온 한 이유는 서로 돕고, 정이 많고, 의협심이 강하며, 예의바르고, 실패에 굴하지 않고 다시 일어나는 의기 때문이라고 생각한다. 그런 민족인 우리가 더 발전하고 강해지기 위해서는 군대의 역할이 절대적이다. 군대는 우리 청년들이 성공도 해 보고 실패도 해 보고 다시 일어서는 연습을 해 볼 수 있는 리더가 되는 곳이 되어야 한다. 그래서 서로 섬기고 세워야 한다. 이스라엘 군대가 부러워도 그들은 그들일 뿐이다. 우리는 우리만의 좋은 점을 살려야 한다. 맹목적으로 그들만이 좋다고 생각하진 않는다.

군대야말로 진정한 엘리트 대학이다. 그래서 여러분에게 힘주어 말씀드린다. 군 생활은 결코 헛된 시간 아니다. 아무 걱정 하지 말고 현재 그 자리에서 최선을 다하길 바란다.

"나는 군인이 된 것을 자랑스러워하고, 군인이었던 것에 자부심을 느끼며, 군인 여러분 덕분에 편히 잠잘 수 있는 것을 감사하게 생각한다."

이 책에 소개한 나의 경험들이 여러분에게 도움이 되었으면 좋겠다. 오늘도 성공을 향해 뛰고 있거나, 10년 전 나와 같이 좌절하고 있을 누군가에게 힘이 된다면 결코 헛된 경험이 아니었다고 믿고 그것에 감사한다.

끝으로 늘 걱정해 주시는 부모님들, 군인인 아내와 군인 엄마를 둔 은표에게 고마움을 전하며, 오늘이 있기까지 가르침을 주신 모든 분들께 깊이 감사드린다.